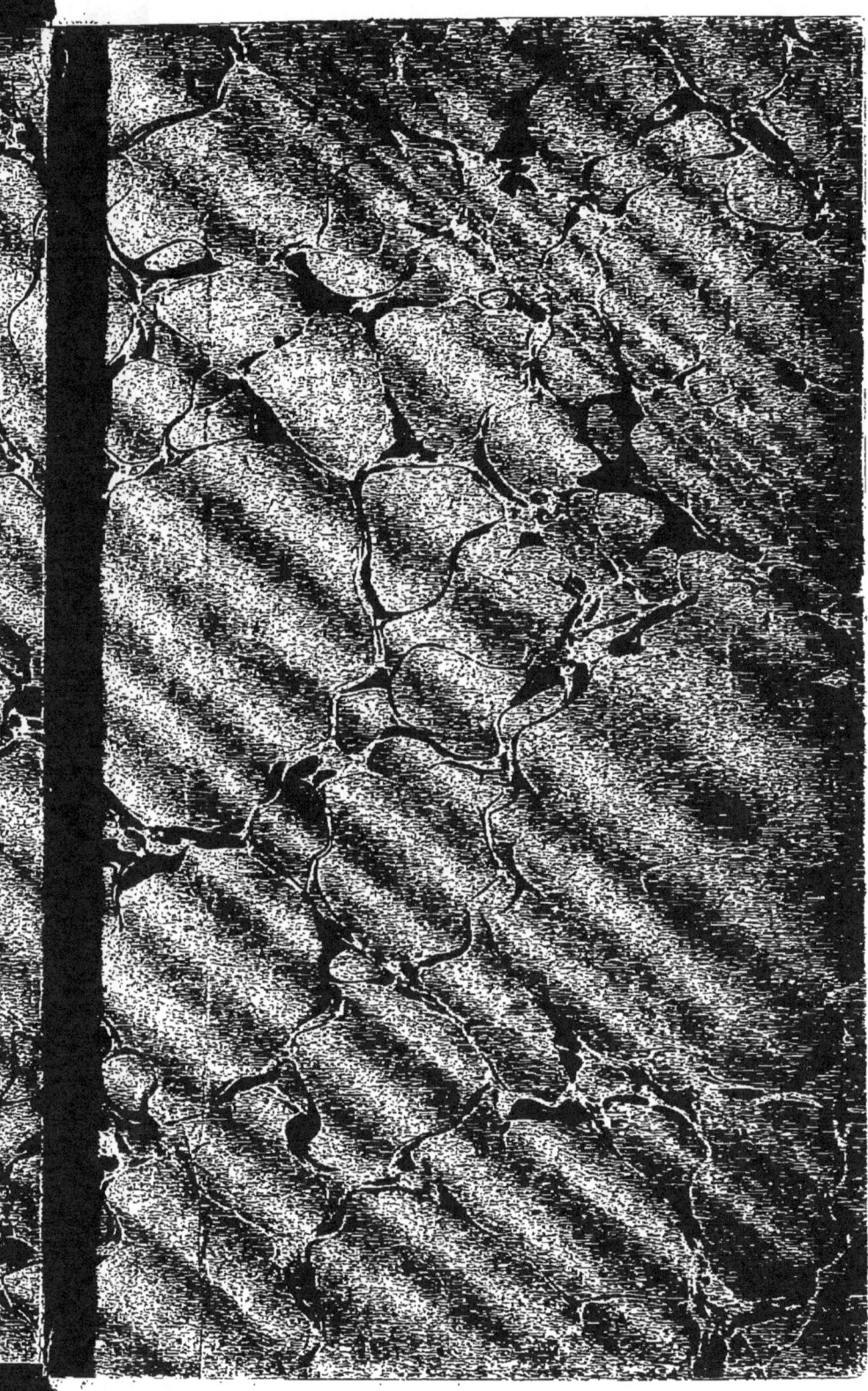

ASPASIE

CLÉOPATRE

THÉODORA

DU MÊME AUTEUR :

HISTOIRE D'ALCIBIADE ET DE LA RÉPUBLIQUE ATHÉ-
NIENNE DEPUIS LA MORT DE PÉRICLÈS JUSQU'A L'AVÈ-
NEMENT DES TRENTE TYRANS *(ouvrage couronné par l'Académie française en 1874 : Prix Thiers)*, 5ᵉ édition. Libr. Perrin,
2 vol. in-12 . . . . 7 fr.

ATHÈNES, ROME, PARIS. L'HISTOIRE ET LES MŒURS.
3ᵉ édition. Libr. Calmann Lévy, in-12 . . . . 3 fr. 50

MÉMOIRE SUR LE NOMBRE DES CITOYENS D'ATHÈNES AU
Vᵉ SIÈCLE AVANT L'ÈRE CHRÉTIENNE. (Tirage à part de
l'Annuaire des études grecques pour 1882.) Libr. académique Perrin, in-8º. . . . . 2 fr.

LA LOI AGRAIRE A SPARTE. Libr. Perrin, in-8º. . . . 2 fr.

LE PREMIER SIÈGE DE PARIS (AN 52 AVANT L'ÈRE CHRÉ-
TIENNE). In-12 avec carte gravée. . . . . épuisé.

1814. 8ᵉ édition, revue et augmentée. Libr. Perrin, in-12. 3 fr. 50

LES HOMMES ET LES IDÉES. 2ᵉ édition. Libr. Calmann Lévy,
in-12 . . . . 3 fr. 50

APELLES ET LA PEINTURE GRECQUE. 3ᵉ édition, Libr. académique, 1868, in-12 . . . . 3 fr. 50

L'ART FRANÇAIS DEPUIS DIX ANS. 2ᵉ édition. Libr. académique
Perrin, in-12. . . . . 3 fr. 50

LE SALON DE **1888**. Librairie Boussod et Valadon, in-4º. 60 fr.

EN PRÉPARATION :

1815.

HISTOIRE DE LA CONQUÊTE DE LA GRÈCE PAR LES ROMAINS.

IMPRIMERIE CHAIX, RUE BERGÈRE, 20, PARIS. — 29798-12-9.

ASPASIE

CLÉOPATRE

THÉODORA

PAR

HENRY HOUSSAYE

PARIS
CALMANN LÉVY, ÉDITEUR
ANCIENNE MAISON MICHEL LÉVY FRÈRES
3, RUE AUBER, 3
—
1890

A
tria
ten
l'h
cou
et
et
voi
imr
de
pât
cêt
d'A

PRÉFACE

Aspasie, Cléopâtre, Théodora forment la
triade des grandes femmes d'amour des
temps anciens. Nous avons tenté de peindre
l'hétaïre fameuse, la reine courtisane et la
courtisane impératrice au milieu des sociétés
et des états de civilisations qu'elles reflètent
et qu'elles représentent. Avec Aspasie, on
voit Athènes dans l'épanouissement de son
immortel génie et dans la liberté sans frein
de sa démocratie défiante et jalouse. Cléopâtre touche à deux mondes. Par ses ancêtres elle appartient au monde égypto-grec
d'Alexandrie, qu'ont énervé les richesses,

le luxe et les débauches et qui va périr
avec cette reine fastueuse et dissolue. Par
ses amants, elle appartient au monde romain qui a perdu ses antiques vertus au
contact des peuples asservis mais qui a conservé, malgré sa corruption et ses sanglants
tumultes, l'orgueil de son nom, son opiniâ-
treté indomptable et sa force de fer. Théodora règne à Byzance au temps où la puissance militaire, l'ordre de l'administration,
la richesse publique, l'éclat des arts cachent
encore les germes de ruine de cet empire
trop vaste, formé d'éléments disparates,
gouverné sous le couvert des lois romaines
par le despotisme oriental et dont le peuple,
qui a abdiqué ses droits, ne se passionne
plus que pour les questions théologiques et
les courses de l'hippodrome. — Ne semble-
t-il pas que chacune de ces femmes corres-
ponde à une évolution de la civilisation,
dont le foyer est à Athènes au siècle de
Périclès, à Alexandrie et à Rome au siècle
de César, à Byzance au siècle de Justinien?
Nous avons dédié ces trois études à trois

amis illustres : la première, à Leconte de
Lisle, qui dans ses *Poèmes antiques* a donné
de la Grèce des visions si belles et si pré-
cises ; — la seconde, à Alexandre Dumas,
qui a peint Cléopâtre en ses avatars mul-
tiples, depuis Marguerite Gautier, morte de
son amour, jusqu'à la Princesse de Bagdad
baignant voluptueusement ses bras nus
dans un monceau de pièces d'or ; — la troisième, à Victorien Sardou, qui a exhumé
Théodora de la poussière des chroniques
pour la faire revivre dans Byzance relevé de
ses ruines.

II. II.

Paris, 6 octobre 1889.

ASPASIE

A LECONTE DE LISLE.

ASPASIE

I

Aspasie, ce nom qui veut dire *aimée* et
qui bruit à l'oreille comme l'écho d'un
long baiser, évoque dans l'esprit le monde
antique à son plus beau période, à l'heure
du radieux épanouissement du génie grec.
La pensée se fait rêve, le rêve se fait vision.
L'Athènes du ve siècle apparaît, étincelante
de soleil, vivante et bruyante, tout en
mouvement et en travail.

Sur l'Acropole, une armée d'ouvriers,
obéissant à Ictinus, à Mnésiclès, à Callicrate,

achève les Propylées et commence l'Érech-
théion. Phidias donne les derniers coups de
ciseau au fronton oriental du Parthénon,
tandis que Polygnote et Paenenos peignent
les fresques de la Pœcile. Les applaudisse-
ments, les cris d'effroi, les éclats de rire de
trente mille spectateurs retentissent tour
à tour au théâtre de Bacchus : on y représente les tragédies de Sophocle et d'Euripide,
on y joue les comédies de Cratinus et de
Phérécrate. Dans l'Odéon, dont la disposition architectonique rappelle la tente de
Xerxès et où les mâts des trirèmes perses
capturées à Salamine servent de solives, les
concours de poésie et de musique alternent
avec les lectures publiques qu'Hérodote fait
des premiers livres de son *Histoire*. Un détachement d'hoplites, de retour de la ma-
nœuvre, se croise dans la rue des Hermès
avec une théorie de vierges qui vont puiser
l'eau lustrale à la fontaine Callirrhoë. Pendant que le cortège funèbre d'un des derniers combattants de Marathon se dirige vers
la porte Dipyle, une troupe d'éphèbes, où

sont Aristophane, Thrasybule, Conon, passe
près du Prytanée : le péripolarque qui les
commande les mène devant l'autel d'Agraule
pour qu'ils y prêtent le serment civique.
L'agora, il y a quelques instants encore
toute remplie de bavards et de curieux,
arrêtés devant les tréteaux des marchands
et sur le seuil des boutiques des barbiers,
où discute Socrate et où Timon invective,
est maintenant déserte. A la voix du héraut,
à l'approche des archers de police, les citoyens courent au Pnyx entendre Thucydide,
fils de Mélésias, et Périclès, fils de Xanthippos. Quelques heures plus tard, la foule se
presse sur les quais du Pirée ; les ouvriers
de l'arsenal interrompent leur travail ; les
matelots des navires de commerce cessent
de décharger les outres de vin de Chios et
de Lesbos, les tissus d'Asie Mineure, le gou-
dron du Pont-Euxin, les blés de l'Eubée ;
ils s'arrêtent de transporter à bord les
armes, les cuirs, les poteries, les parfums,
l'huile, le miel, les figues. Ils montent sur
les tillacs, ils grimpent sur les vergues. Le

spectacle vaut qu'on le regarde. C'est une
escadre victorieuse qui rentre dans le port
militaire.

Le jour tombe, le soleil disparaît derrière
le mont Ægaléos, jetant sur les montagnes
de l'Attique des reflets d'hyacinthe et de
saphir. Les esclaves quittent en troupes les
fabriques et les ateliers. Protagoras, Zénon,
Damon congédient leurs élèves; Antiphon
allume la lampe des veilles laborieuses;
l'astronome Méton sort pour observer les
astres. Les dictériades, un brin de myrte
entre les lèvres, se montrent au seuil de
leur maison; les jeunes eupatrides et les
pallaques et les joueuses de flûte envahissent
les jardins du Céramique extérieur. Alcibiade, la tête couronnée de violettes, des
cigales d'or dans les cheveux, le pallium
traînant à terre, passe au milieu de l'agora,
convié à un souper dont l'aurore ne verra
pas la fin. Périclès, qui, dans la même
journée, a harangué le peuple au Pnyx,
présidé le conseil de guerre, élaboré au Sénat avec les Prytanes et le trésorier des re-

venus publics un projet de budget, revient au logis. Aspasie est là, causant philosophie avec Anaxagore, morale avec Socrate, politique avec Charinos, hygiène avec Hippocrate, esthétique avec Phidias. Périclès la baise au front comme il le fait chaque jour quand il sort et quand il rentre [1].

Aspasie est « la Junon de Périclès Olympien » [2]. Elle règne à Athènes par la beauté et par l'esprit. Du gynécée antique elle fait le salon moderne. Aspasie a sa cour dans ce pays qui est une démocratie ; elle a sa liberté dans cette ville dont les lois et les mœurs imposent aux femmes une tutelle permanente ; elle préside aux destinées de cette cité où elle est étrangère.

1. Καὶ γὰρ ἐξιών, ὡς φασί, καὶ εἰσιὼν ἀπ' ἀγορᾶς ἠσπάζετο καθ' ἡμέραν αὐτὴν μετὰ τοῦ καταφιλεῖν. Plutarque, *Pericl.*, XXIV.

2. Scoliaste de Platon, *Menex.* p. 249.

II

Telle Aspasie se présente à la mémoire, ou plutôt telle sa figure s'ébauche en lignes flottantes dans l'imagination. Si l'on veut préciser les traits de cette figure pour la faire passer du rêve dans la réalité, elle se décolore, s'efface, disparaît. Un portrait menteur cache l'idéale vision. En tant que personnage historique, Aspasie défie les recherches et fuit l'analyse. Elle reste dans le vague, et il faut l'y laisser, car c'est seulement ainsi qu'elle est reconnaissable.

Toute étude sur Aspasie où l'on s'évertuera
à conter son existence d'une façon suivie,
à définir son caractère, à exposer ses idées
philosophiques et morales, sera fatalement
contraire à la vérité. De même, il est impossible d'indiquer son genre de beauté. La
tradition n'en dit rien, et les prétendues
images d'Aspasie, bustes et pierres gravées,
sont notoirement apocryphes[1]. Il est permis
à chacun de se représenter la Milésienne
comme la plus belle des canéphores du Parthénon ou comme la plus gracieuse des
« femmes à l'éventail » de la nécropole de
Tanagra.

Les témoignages que l'antiquité nous a
laissés sur Aspasie sont tout à fait contra-
dictoires. A entendre les Comiques et leurs
scoliastes, et, en certains passages, Plutarque
lui-même, Aspasie ne fut qu'une simple hétaire, un peu plus intelligente, un peu plus
instruite, un peu plus habile et un peu
plus hypocrite que les autres hétaires.

---

1. Voir l'appendice I à la fin du volume.

1.

Après avoir été courtisane à Milet, pui[s]
courtisane et, ce qui est pis, proxénète
à Mégares, elle vint à Athènes où elle con-
nut Périclès. Elle le séduisit par les moyens
que ses pareilles emploient généralement
pour séduire les hommes. « La débauche,
dit le poète Cratinus, engendra pour Périclès Junon-Aspasie, la pallaque aux yeux
de chien. »

Ἥραν τέ οἱ Ἀσπασίαν τίκτει
Καταπυγοσύνη,
Παλλακὴν κυνώπιδα[1].

Quand elle se vit vieillir, Aspasie, craignant que Périclès ne commençât à se las-
ser d'elle, se rappela son ancien métier.
Elle attira dans sa demeure des courtisanes
libres et esclaves et même des femmes mariées, pour les offrir à son amant. Par ces
complaisances, Aspasie prit un empire absolu sur Périclès, le ruina tout à son aise,
lui conseilla deux guerres fatales et lui fi[t]

1. Cratinus, *Fragm. Comic. Græc.*, édit. Didot, p. 47.

sacrifier le bien de l'État et le repos de la Grèce à des intérêts particuliers et à des inimitiés personnelles [1].

Selon d'autres traditions, invoquées et amplifiées par de modernes apologistes d'Aspasie, cette femme célèbre réunit les plus rares mérites. Sa vertu est au-dessus de tout soupçon, et c'est seulement à cause de son origine étrangère qu'on la classe parmi les courtisanes. Elle n'a des Gnathène et des Laïs ni les mœurs ni les façons. Elle est poète, philosophe, orateur, homme d'État. Elle est venue de Milet à Athènes tout exprès afin d'enseigner l'art de penser et l'art de bien dire. Aspasie fut pour Périclès moins une maîtresse qu'une maîtresse d'école. Elle lui apprit la politique et l'éloquence, de même qu'elle forma Socrate à la

1. Cf. *Fragm. Comic. Græc.*, p. 47, 187, 282 ; Aristophane, *Achan.*, v. 530-536 ; le Scoliaste, *ibid.*, et *Pax*, v. 502 ; Plutarque, *Pericl.*, XXIV, XXX, XXXII ; Douris de Samos, cité par Harpocration, s. v.; Athénée, XII, XIII ; Lucien, *de Saltat.*; Georges le Syncelle, p. 253 ; Suidas, s. v. Ἀσπασία et Ἀσπασίαι, Héyschius, s. v.

dialectique. Sans l'incomparable Milésienne, Socrate n'aurait pas su raisonner et Périclès n'aurait pu ni gouverner ni parler. La belle oraison funèbre des Athéniens tués à l'ennemi, prononcée par Périclès la deuxième année de la guerre du Péloponnèse, est l'œuvre d'Aspasie. A ces hautes qualités de l'homme, Aspasie joint toutes les vertus de la femme. Elle est sage, économe, active, ordonnée. Elle enseigne ses devoirs d'épouse à la femme de Xénophon, elle montre à la femme d'Iskomakhos comment il faut tenir une maison, elle a pour chaque visiteuse un bon conseil et une leçon morale, elle est un modèle pour les matrones d'Athènes[1].

---

1. Cf. Xénophon, *Memor.*, II, 6 ; *Econom.*, III ; Platon, *Menexen.*, p. 236, 237, 249 ; et le Scoliaste, *ibid.*; Eschine le Socratique, cité par Cicéron, *de Inv.*, I, 31 ; Quintilien, V, 2 ; Themiste, *Orat.*, XXVI.

On remarquera que si, des témoignages contraires à Aspasie, plusieurs remontent à l'époque où elle vivait, tous les témoignages qui lui sont favorables datent, sauf quelques lignes assez peu concluantes de Xénophon, de temps plus ou moins postérieurs. Le dialogue d'Eschine cité par Cicéron ne fut point composé avant le commencement du IVe siècle ; de même le *Ménéxène*, dont on a discuté souvent l'authen-

Manifestement, on exagère les choses de part et d'autre. Mais il y a un fond de vérité et dans les diatribes des Comiques et dans les panégyriques des disciples de Socrate. Aspasie peut être mise au rang des femmes philosophes, elle ne sort point pour cela de la classe des courtisanes.

licité et où abondent les anachronismes. Dans ces dialogues d'ailleurs, Aspasie doit être regardée comme un type à peu près fictif, comme une entité philosophique, et non comme un personnage réel. Il faut aussi tenir compte de l'ironie socratique dont s'étaient imprégnés les disciples du philosophe. On ne saurait prendre à la lettre les paroles que Platon prête à Socrate dans le *Ménéxène*, que « c'est d'Aspasie qu'il a appris la rhétorique ». — Nous ne nions pas, cependant, qu'amie de Périclès et de Socrate, Aspasie n'eût laissé parmi les philosophes une réputation méritée de savoir et d'esprit, et peut-être même de moralité tardive.

III

Milet, où naquit Aspasie, d'un père nommé Axiokhos[1], était une des villes les plus florissantes du littoral ionien. Son passé militaire faisait sa renommée ; son industrie et son commerce faisaient sa

1. Plutarque, *Péricl.*, XXIV. Suidas, s. v. 'Ασπασία. — Élien (XII, 1) parle longuement d'une autre Aspasie, qui est aussi mentionnée par Plutarque et par Suidas. Née à Phocée, en Ionie, elle devint la maîtresse de Cyrus, puis d'Artaxercès. Elle s'appelait Milto ; ce fut Cyrus qui lui donna le nom d'Aspasie, en souvenir, dit Plutarque, de la célèbre Aspasie dont la renommée était venue jusqu'à lui.

richesse ; sa richesse faisait sa corruption.
Patrie de Thalès, d'Anaximandre et d'Anaxi-
mène, cette ville n'était pas moins fameuse
par le nombre de ses courtisanes que par
celui de ses philosophes. C'était à la fois la
Corinthe et l'Athènes de l'Ionie ; c'était la
meilleure des écoles pour Aspasie, l'hétaïre
philosophe. A Milet, Aspasie mena la vie
d'une courtisane, mais d'une courtisane de
conduite raisonnée et d'accès difficile. Prenant exemple sur la célèbre Thargélia,
qui eut quatorze amants, tous gouverneurs
de villes, et qui mourut mariée à un tyran
de Thessalie, elle ne se donnait qu'aux
premiers d'entre les citoyens[1].

Pour quel motif et dans quelle circonstance Aspasie vint-elle à Athènes? En quelle
année et à quel âge y arriva-t-elle? Autant
de questions sur quoi manquent les docu-
ments et que la critique ne saurait songer
à résoudre. On peut affirmer seulement que
la Milésienne était fixée à Athènes antérieu-

1. Plutarque, *Pericl.*, XXIV ; Athénée, XIII, 89.

rement à l'olympiade LXXXV (440-437 avant
Jésus-Christ) époque où déjà avait commencé sa liaison avec Périclès [1]. A entendre
Plutarque, qui avait lu les Socratiques et
qui peut-être prenait leurs assertions trop
au sérieux, Périclès fut séduit par le savoir
et l'esprit d'Aspasie. Sans pour cela mettre
en doute les mérites intellectuels de cette
femme illustre, il est permis de penser que
Périclès ne fut pas moins captivé par sa
beauté et par sa grâce. L'Athénien prit
d'abord Aspasie comme maîtresse; puis, lui
et sa femme ayant divorcé par consentement mutuel, il ouvrit sa maison à la Milésienne et vécut ouvertement avec elle [2].

Faut-il croire, avec les modernes apologistes d'Aspasie, que Périclès épousa l'hétaïre de Milet [3]? Le fait est au moins im-

1. L'expédition de Samos eut lieu en 439. Or, Plutarque
(Pericles XXV) rapporte, comme on le verra plus loin,
qu'Aspasie fut accusée d'avoir poussé Périclès à entreprendre
la guerre contre les Samiens.

2. Heraclide de Pont, cité par Athénée, XII, 45; Plutarque, Pericl., XXIV.

3. Voir l'appendice II.

probable. A Athènes, un citoyen était parfaitement libre de vivre avec une courtisane, quelle qu'elle fût. Mais la loi lui interdisait d'une façon formelle d'épouser une étrangère. Il ne pouvait le faire qu'en vertu d'un faux témoignage, car avant la cérémonie religieuse il y avait à remplir une formalité légale (ἐγγύη). Si plus tard, il était reconnu que la déposition enregistrée par le greffier public était fausse, les deux époux, considérés comme complices, risquaient d'être traduits devant le dikastérion. La loi édictait des peines graves : la femme était vendue comme esclave ; le mari avait à payer une grosse amende et perdait ses droits civiques ; les enfants, déclarés bâtards, étaient déchus du nom d'Athénien [1]. Quelques hommes obscurs réussissaient sans doute, à l'aide de faux témoins, à tromper les greffiers de l'état

---

1. Le si curieux plaidoyer de Démosthène, *Contre Néæra*, est consacré à une cause analogue : γραφή ξενίας. Cf. Plutarque, *Pericl.*, XXXVII; Meursius, *Themis attica*, I, VI et *passim*.

civil sur la nationalité de leur fiancée, et,
s'ils ne se mêlaient point aux luttes politiques, ils n'avaient pas trop à craindre des
enquêtes subséquentes. Mais il n'en pouvait
être ainsi pour des personnages aussi con-
nus que Périclès et Aspasie. Périclès eût-il
même eu la certitude de faire enregistrer
une déposition mensongère, qu'il ne l'eût
point voulu. Comme chef de parti, il était
sans cesse exposé aux attaques et aux machi-
nations de ses ennemis politiques. Dans cette
cité où, le ministère public n'existant pas,
tout citoyen pouvait intenter à tout citoyen
une action au criminel, quelle arme ce
mariage illicite eût fournie à ses adversaires!

Si l'honneur du mariage était dénié à
Aspasie, elle avait par compensation une
liberté inconnue aux Athéniennes. Sans
doute, à Athènes, la femme ne vivait point
dans un humiliant esclavage, comme quelques personnes se l'imaginent encore. Dans
la maison, elle était maîtresse souveraine.
En se mêlant des détails du ménage, le
mari se fût donné un ridicule. Xénophon,

dans son traité de l'*Économique*, dit que
c'est au mari de gagner l'argent et à la
femme de le dépenser. Il compare ensuite
la femme à la reine des abeilles : « Elle
reste dans la ruche et envoie les abeilles
travailler au dehors. Elle reçoit ce que chacune d'elles apporte, et conserve les provisions jusqu'au moment de s'en servir. Elle
préside à la construction des cellules, elle
prend soin de la nourriture des nouveaux
essaims. » La femme est l'économe de la
maison. C'est elle qui distribue la tâche aux
servantes, qui donne des ordres aux esclaves, qui se charge de la cuisine, du cellier,
de la boulangerie, qui fait acheter, ranger
et distribuer les provisions. C'est elle qui a
la clef de la chambre où sont tous les objets
précieux, vases et coupes de métal, bijoux,
riches vêtements pour les jours de fête,
argent monnayé. L'usage lui défend de
nourrir elle-même ses enfants, mais elle
les berce, les amuse et les embrasse sans
cesse. Ensuite elle veille à la première
éducation des garçons, à l'éducation entière

des filles. Pour s'occuper encore, l'Athénienne a sa toilette, qui est fort longue et
fort compliquée, car elle se baigne plusieurs
fois chaque jour, se parfume, s'oint les
cheveux d'essence, se les poudre avec de la
poudre d'or, se farde les joues et les lèvres,
se teint les paupières et les sourcils. Le
temps que lui laissent sa maison, sa toilette,
ses enfants, ses oiseaux et ses chiens, la
femme l'emploie en promenades, en courses et en visites à des amies [1]. Les jours de
fêtes religieuses, si fréquents en Attique,
sont pour les Athéniennes des occasions de
plaisirs sans nombre et d'une infinie variété.
Tantôt elles entendent au théâtre de Bacchus
une tragédie d'Eschyle ou de Sophocle,
tantôt elles figurent, magnifiquement parées,
dans le splendide cortège qui monte au
Parthénon par les degrés des Propylées.
Aux Dionysies, elles parcourent, montées
sur des ânes et déguisées, les bois et les

1. Aristophane, *Ranae*, v. 1349; *Nubes*, v. 879; *Eccles.*,
passim; Xénophon, *Æconom.*, VII; Démosthène, *C. Neæra*,
15; *C. Eubul.*, 42; *C. Callicl*, 35; Cornelius Népos, *Praefat.*

plaines des environs d'Athènes. Aux Sténies, elles se livrent par les rues et les places des assauts de plaisanteries et d'invectives comiques. Aux Thesmosphories, elles célèbrent, deux jours durant, les rites mystérieux du temple de Démèter, d'où les hommes sont exclus. Aux Adônies, aux Thargélies, aux Éleusinies, ce sont d'autres cérémonies et d'autres spectacles : processions, concours de chanteurs, jeux publics, courses aux flambeaux, apparitions fantasmagoriques [1].

Les femmes n'étaient donc ni des esclaves ni des recluses ; seulement elles vivaient en dehors de la société des hommes. Sauf le mari et les très proches parents, nul ne franchissait le seuil du gynécée. Les femmes se donnaient des festins entre elles ; mais, le mari traitait-il ses amis, la femme se retirait dans ses appartements. Le fait seul d'assister à un repas où se trouvaient des hommes eût irrémédiablement compromis

1. Aristophane, *Lysistrata*, v. 641, sq ; Platon, *Leges*, II, p. 650 ; Plutarque, *Theseus*, XXIII, etc., etc.

sa bonne réputation. Pour prouver aux
jurés que Néæra est une courtisane, Démosthène dit : « Elle soupait et buvait avec
Stéphanos (son mari) et ses amis *en vraie
courtisane*[1]. » Ainsi les relations mondaines,
les dîners et les réunions où se rencontrent
les hommes d'esprit et les femmes aima-
bles, et qui sont, à la condition de ne point
en abuser, un des agréments de la vie contemporaine, n'existaient point à Athènes.

Les Athéniens se dédommageaient avec
les courtisanes. A celles-ci les mœurs n'im-
posaient aucune gêne. Les hommes ne leur
demandaient que d'être belles et gaies, et
la loi ne s'inquiétait pas d'elles puisqu'en
qualité d'étrangères elles étaient pour ainsi
dire hors la loi. Pourvu que l'hétaire ac-
quitte l'impôt μετοίκιον comme étrangère, et
l'impôt πορνικὸν comme courtisane, pourvu
qu'elle n'enfreigne pas les lois de la cité,
qu'elle ne contrevienne point aux règle-

---

1. Démosthène, *C. Neæra*, 10; Eschine, *C. Timarch.*;
139; Plutarque, *Solon*, XXIX.

ments de police, qu'elle ne fasse pas scandale en entrant dans certains temples ou en se mêlant aux femmes et aux filles des citoyens dans les cérémonies publiques, elle a toute liberté de vivre et d'agir à sa guise[1]. Elle va où bon lui semble, sort quand il lui plaît, s'enrichit comme elle le peut et se ruine si elle le veut.

Depuis l'hétaïre possédant maison, esclaves, joyaux, commanditant banques et fabriques et dominant une cour d'adorateurs, jusqu'à l'humble esclave du troupeau des dictériades, les courtisanes étaient presque obligatoirement conviées dans les soupers, qu'elles égayaient par leurs propos et leurs chansons. Beaucoup d'entre elles avaient le mot plaisant et la repartie vive. Si l'on faisait l'anthologie de l'esprit grec, on prendrait à Glycère et à Callistion autant qu'à Diogène et à Arcésilas, aux courtisanes au-

1. Cf. Demosthène, *C. Neæra*, *passim*; Eschine, *C. Timarch.*, 139; Athénée, XIII, *passim*; Plutarque, *Solon*, XXIX; Meursius, *Themis Attica*, I, 6; Samuel Petit, *Leges Atticæ*, p. 41, 473-476.

tant qu'aux philosophes. Mais l'esprit des
courtisanes était toujours le même. Avec
elles, il arrivait le plus souvent que d'en-
jouée la conversation devenait licencieuse.
Ces femmes ne manquaient pas seulement
de retenue; elles manquaient de discrétion.
En pareille compagnie, il eût été dangereux
de parler politique et il était impossible de
s'entretenir longtemps de sujets sérieux.
C'était bien pour les jeunes gens, c'était
même bien pour Socrate qui savait s'ac-
commoder de tout; mais des hommes tels
que Périclès, Anaxagore, Damon, Phidias
ne pouvaient se plaire longtemps aux ba-
vardages des joueuses de flûte.

Regardée comme la maîtresse de Périclès
par la foule des Athéniens, respectée comme
si elle fût sa femme par les amis du grand
orateur, Aspasie était dans une condition
unique. Elle avait à la fois la liberté de la
courtisane et la retenue de l'épouse. Elle
pouvait recevoir les familiers de Périclès,
ce qui eût été imputé à crime à une
Athénienne, et ceux-ci trouvaient en elle

une interlocutrice capable de les entendre et de leur répondre, ce qui n'était pas le fait d'une courtisane. C'est ainsi qu'on s'explique le rôle tout particulier d'Aspasie à Athènes, sa renommée chez les philosophes, le grand et tenace amour qu'elle inspira à Périclès. La première, la seule peut-être de toutes les femmes d'Athènes, elle entretint un commerce aimable et élevé avec les hommes supérieurs. Pour Socrate, pour Anaxagore, pour Phidias, elle fut une amie sincère et intelligente. Pour Périclès, elle fut la maîtresse et la femme, le sourire de la vie, le charme du foyer, le sûr confident de chaque jour; elle eut la parole qui éclaire, l'affection qui console et la grâce qui repose.

IV

On ne gouverne pas une république vingt ans et plus sans être en butte à toutes les calomnies, sans subir tous les outrages. Combattu dans ses actes publics par les orateurs de l'Assemblée, Périclès était attaqué dans sa vie privée par les meneurs de l'agora et par les poètes comiques, ces journalistes et ces pamphlétaires du temps. Sa liaison avec Aspasie était un intarissable sujet de moqueries et d'allusions blessantes. On appelait Aspasie l'Hèra du

nouvel Olympien, l'Omphale et la Déjanire
du nouvel Héraklès. On accusait la Milésienne de faire de la maison de Périclès —
le roi des satyres, comme disait Hermippe
— un véritable diktérion, rempli de courtisanes de toute sorte et même d'Athéniennes mariées, qui, par leurs complaisances, aidaient à la fortune politique de
leur mari. D'après le bruit public, la
femme de Ménippos avait ainsi obtenu
pour lui le grade de stratège[1]. Aspasie
était le mauvais démon de Périclès, l'ins-
piratrice de sa politique imprudente et de ses
actes arbitraires. On lui attribuait les dilapi-
dations du trésor des alliés, les grandes dépenses dont Périclès grevait le budget de la
cité pour donner des travaux à ses amis
comme Phidias, son népotisme à l'égard de
ses familiers Pyrilampos, Charinos, Ménip-

---

1. On sait qu'à Athènes toutes les hautes fonctions civiles et militaires étaient conférées par le peuple; mais,
dans la pratique, il suffisait généralement qu'un tout-puissant chef de parti, comme Périclès, proposât un candidat
pour que l'élection fût à peu près assurée.

pos. (Ce dernier, contrairement au principe de la démocratie athénienne, cumulait cinq ou six fonctions.) On affirmait que Périclès était soumis à toutes les volontés d'Aspasie, qu'il était prêt à sacrifier pour elle la gloire et la prospérité d'Athènes ; on insinuait qu'à son instigation il rêvait la tyrannie [1].

En 440, un différend surgit entre les Samiens et les Milésiens au sujet d'une petite ville du littoral asiatique, Priène, sur laquelle les premiers prétendaient avoir des droits. Une courte guerre s'ensuivit ; les Milésiens furent battus. Samos et Milet reconnaissaient toutes deux l'hégémonie athénienne. Les Milésiens portèrent leurs plaintes à Athènes, où l'on décida, sans rien préjuger, que les deux cités enverraient des ambassadeurs afin que le conflit fût jugé à l'assemblée du Pnyx. Les Samiens n'y vou-

---

1. *Fragm. Comic. græc.*, p. 47, 136, 187, 190, 282; Plutarque, *Pericl.*, XXIV, XXXIII; Clément d'Alexandrie, *Strom.*, p. 609; le Scoliaste d'Aristophane, *Aves*, v. 250; Hésychius, s. v. 'Ασπασία.

lurent point consentir, et, prétextant qu'il y avait dans l'intervention d'Athènes un abus de pouvoir, ils se déclarèrent indépendants.

Les Athéniens ne pouvaient souffrir une pareille défection où ils voyaient, avec raison, les intrigues de la Perse. Sur la motion de Périclès, ou d'un orateur de son parti, un armement considérable fut aussitôt voté, dont Périclès lui-même prit le commandement. On dit — mais rien n'est moins prouvé — qu'Aspasie l'accompagna dans cette campagne avec un cortège de courtisanes qui firent de grands profits [1], car le blocus dura neuf mois. Après une défense opiniâtre, marquée par de sanglants combats, Samos capitula. Les Samiens durent raser leurs fortifications, livrer leur flotte de guerre et payer une indemnité de mille talents (près de six millions de francs [2]).

L'expédition contre Samos était juste et nécessaire. Athènes, qui tirait de si impor-

1. Alexis de Samos, cité par Athénée, XIII, 31.
2. Thucydide, I., 115-116. Diodore de Sicile, XII, 27-28. Plutarque, *Pericl.*, XXIII-XXV.

2.

tants revenus des villes signataires du traité d'Aristide, devait maintenir ses tributaires dans l'obéissance. La révolte de Samos, restée impunie, eût entraîné d'autres cités à la défection. Au reste, cette guerre avait été glorieuse et avait affermi la puissance athénienne ; de plus, elle n'avait rien coûté au Trésor en raison de l'énorme indemnité payée par les Samiens. Mais des citoyens étaient tombés devant Samos, et il faut compter avec les larmes des mères. On dit dans le peuple que cette guerre n'aurait pas eu lieu si Périclès lui-même ne l'eût provoquée en soutenant les prétentions des Milésiens. Or, comme Aspasie était de Milet, le bruit courut qu'il n'avait agi ainsi que d'après les conseils de cette femme, ardente à prendre les intérêts de sa ville natale et jalouse d'y faire connaître sa toute-puissance à Athènes[1].

Quelques années se passèrent, puis arriva un jour où les insultes de la scène comique,

---

1. Plutarque, *Pericl.*, XXIII, XXIV.

les calomnies de l'agora et les interpella-
tions véhémentes de la tribune ne suffirent
plus aux ennemis de Périclès. Ils pensèrent
à lui intenter un procès en action publique.
Mais le grand homme d'État était encore
bien populaire! Au défaut de Périclès, les
mécontents conçurent l'idée de faire condamner ses amis les plus chers. C'était pour
les meneurs de l'opposition une façon d'essayer leurs forces et aussi de déconsidérer
Périclès; c'était un premier assaut donné à
son crédit sur le peuple. On commença par
provoquer un vote d'ostracisme contre le
vieux Damon, qui avait été un des maîtres
de Périclès et qui était demeuré son ami.
On disait que, sous couvert de leçons de musique, il enseignait la politique. Souvent on
l'avait entendu déclarer que la tyrannie
d'un homme éclairé est le meilleur des
gouvernements. Damon fut banni[1]. Peu de
temps après (des derniers mois de 433 aux

1. Plutarque, *Pericl.*, III. Cf. *Frag. Com. Grœc.*, p. 246.
Platon, *Lach.*, p. 180; Paradys, *de Ostracismo*, p. 52, sq.

premiers mois de 432) les adversaires de
Périclès, encouragés par ce premier succès,
se concertèrent pour faire traduire simulta-
nément devant les héliastes Phidias, Anaxagore et Aspasie [1].

Phidias fut accusé de détournement. Su-
borné par quelque ennemi de Périclès, un
praticien du grand sculpteur se présenta en
suppliant devant les autels de l'agora. Cet
homme qui, s'appelait Ménon, demandait à
être garanti contre les suites du procès qu'il
voulait intenter à Phidias. On sait que l'ac-
cusateur qui n'obtenait pas le cinquième
des suffrages encourait les peines les plus
graves [2]. Le peuple ayant donné cette im-
munité à Ménon, le misérable dénonça son
maître comme ayant dérobé une partie de
l'or que les Trésoriers de la déesse lui avaient
remis pour être employé à la statue chry-
séléphantine d'Athènè. Devant le dikasté-

---

1. Plutarque, *Pericl.*, XXXI, XXXII. Cf. Aristophane,
Pax, v. 601, sqq. Diodore de Sicile, XII, 38, 39.
2. Platon, *Apol. Socratis*, p. 36; Démosthène, *de Corona*;
C. Androt.; *C. Timocr.*, etc.

rion, Phidias n'eut pas de peine à se dis-
culper, car il avait ajusté les vêtements
d'or de la déesse de telle façon que, sans
détériorer la statue même, qui était d'ivoire,
on pouvait enlever tout le métal et le peser.
Le sculpteur devait cette idée à Périclès, qui
se défiait sans doute du caractère soupçon-
neux des Athéniens et qui peut-être aussi
voulait que cette masse d'or (quarante talents d'or, plus de deux millions de francs)
pût, en quelque grave occurrence, servir à
des dépenses de guerre. Phidias fut acquitté.
Mais ses ennemis lui intentèrent incontinent
un nouveau procès, sous deux autres chefs
d'accusation. Il avait gravé son portrait sur
le bouclier d'Athènes : sacrilège. Il avait
reçu Périclès dans son atelier alors qu'il s'y
trouvait des femmes, modèles ou visiteuses :
proxénétisme. Pendant l'instruction de ce
second procès, Phidias, malade et profondé-
ment attristé, mourut en prison [1].

1. Aristophane, *Pax*, v. 605, sqq. et le Scoliaste, *ibid*;
Plutarque, *Pericl.*, XXXII; Diodore de Sicile, XII, 39. —
Sur la mort de Phidias, voir l'appendice III.

Anaxagore fut traduit en justice pour cause d'impiété (γραφή ἀσέβειας). Il semble que, jusqu'à cette époque, les tribunaux connaissaient seulement du sacrilège proprement dit : offenses publiques aux dieux, profanation des temples et des images divines, scandale pendant les fêtes, divulgation des mystères, parodies des rites. Mais les philosophes et les sophistes s'étant multipliés à Athènes, l'orateur Diophites prit ce prétexte pour faire édicter une loi qui assimilait aux sacrilèges ceux qui ne croyaient pas aux Dieux de l'État et qui s'occupaient d'étudier les phénomènes célestes. Cette loi, d'un caractère inquisitorial, menaçait tous les penseurs; mais elle était principalement dirigée contre les amis de Périclès, et de là, contre Périclès lui-même. Si, comme on l'espérait, ses familiers étaient condamnés sur ce chef, on pourrait lui intenter un procès analogue. Anaxagore qui professait ouvertement que le soleil est une masse de feu, la lune une terre habitée, et le tonnerre un effet du choc des nuages —

c'étaient bien là des impiétés, — se déroba
au jugement. Sur le conseil de Périclès,
qui redoutait pour son ami une sentence
capitale, il quitta furtivement Athènes.
L'Héliée le condamna par contumace [1].

Comme Anaxagore, Aspasie fut accusée
d'impiété : elle avait des opinions contraires
aux croyances de l'État. Comme Phidias,
elle fut accusée de proxénétisme : elle attirait
chez elle des courtisanes et des femmes
mariées pour les livrer à Périclès [2].

Quelles preuves le poète Hermippe, qui
intenta le procès, pouvait-il fournir de la
culpabilité de la Milésienne? Sur le premier point, il invoquait le témoignage d'un
esclave qui avait probablement entendu
Aspasie discuter ou plaisanter à l'occasion
de quelque légende sacrée; sans doute aussi
il ne manquait pas d'alléguer qu'amie des
philosophes, Aspasie devait nécessairement
partager leurs idées. Sur le second point,

1. Plutarque, *Pericl.*, XXXII. Cf. Platon, *Apolog. Socrat.*,
31; Diogène de Laërte, II, 5.
2. Plutarque, *Pericl.*, XXXII.

Hermippe se bornait vraisemblablement à
rapporter, en les amplifiant, les commérages de l'agora. Ces calomnies — nous
pensons que c'en étaient — avaient toutefois
une apparence de vérité. Les Athéniens n'a-
vaient point accoutumé de voir leurs femmes
légitimes fréquenter des hétaires : en rece-
vant chez elle des femmes citoyennes, Aspasie s'était exposée à de graves soupçons.
Quoi qu'il en fût, Aspasie courait un grand
danger. Pour chacun des deux délits dont
elle était accusée, et qui était qualifiés
crimes par la loi athénienne, elle était
passible de la peine capitale [1].

Aspasie aurait pu fuir avant le jugement.
Sans doute Périclès aimait trop sincèrement
sa maîtresse pour ne pas lui proposer de
suivre l'exemple d'Anaxagore. Mais la Milésienne comprit que quitter Athènes et se
laisser juger comme contumax, c'était pro-

1. Platon, *Apolog. Socrat.*; Eschine, C. *Timarch.*, 160, 165
Dinarque, *C. Démosth.*, 23; Meursius, *Thémis Attica*, I, 7. —
Une peine moins rigoureuse, l'exil ou une grosse amende,
pouvait aussi être prononcée.

voquer une condamnation certaine, c'était se séparer de Périclès. Et, à ce moment-là surtout, le pauvre grand homme avait besoin de l'affection d'Aspasie. Il sentait l'opinion contre lui, on lui avait enlevé ses plus chers amis, enfin ses adversaires, enhardis, venaient de lui intenter un procès en reddition de compte, pour cause de péculat, de concussion et d'injustice [1]. Aspasie se présenta courageusement devant les dikastes. Il paraît probable que Périclès plaida pour elle, car la loi n'autorisait pas la femme à présenter elle-même sa défense. En tout cas, Périclès intervint au cours des débats, suppliant les juges et ne craignant point de laisser voir ses larmes. Le tribunal acquitta Aspasie [2].

1. Plutarque, *Pericl.*, XXXIII. Cf. Diodore de Sicile, XII, 38-39.

2. Plutarque, *Pericl.*, XXXII.

V

On avait attribué à Aspasie la guerre de
Samos; on devait lui attribuer aussi la
guerre du Péloponnèse. En 432, Périclès
fit voter, sous prétexte de certains griefs
publics, un décret par lequel les Mégariens
étaient mis au ban de la moitié de la
Grèce. Les marchés d'Athènes et de ses cités
tributaires leur seraient fermés; tout Méga-
rien pris sur le territoire de l'Attique serait
mis à mort; les stratèges, à leur entrée en
charge, devaient jurer d'aller deux fois

dans l'année ravager la Mégaride. Ce décret
eut les plus graves conséquences puisqu'il
fut, non point précisément la cause, mais
l'occasion de la guerre du Péloponnèse. Or,
voici ce que racontèrent les ennemis de
Périclès : « Des Mégariens sont venus enlever
deux des courtisanes qu'Aspasie entretient
dans sa maison. Aspasie se courrouce, Périclès l'Olympien lance la foudre, et la guerre
est allumée[1]. »

Outre que cette anecdote paraît peu vraisemblable en soi, de si grands effets n'ont
point de si petites causes. Sans doute le
fait d'avoir accueilli des esclaves fugitifs
et de s'être approprié un terrain apparte-
nant aux Grandes Déesses d'Éleusis, seuls
griefs invoqués contre les Mégariens, ne
motivait pas la rigueur du décret; mais ce
n'étaient là que des prétextes. Depuis plusieurs années la guerre s'annonçait, fatale,
inéluctable, entre Athènes et Sparte. L'al-

1. Aristophane, *Acharn.*, v. 520, sqq. Plutarque, *Pe-ricl.*, XXX. Georges le Syncelle, p. 253.

liance contractée avec Corcyre, en 433, précipita les choses en irritant les Corinthiens
et en inquiétant Sparte. Pour se venger de
l'appui donné aux Corcyréens, les Corinthiens firent révolter Potidée, ville tribu-
taire d'Athènes. Par représailles, les Athéniens rendirent le décret contre Mégares, la
fidèle alliée de Corinthe [1].

Ces graves événements survinrent presque
aussitôt après les trois procès de Phidias,
d'Anaxagore et d'Aspasie, et au moment
même où Périclès était sous le coup d'un
procès en reddition de comptes. La coïncidence, qui est en effet malheureuse, ne
pouvait manquer d'être remarquée. Ainsi
se forma chez le peuple cet autre soupçon,
que Périclès provoqua les hostilités pour se
maintenir au pouvoir en se rendant indis-
pensable. Vraisemblablement, entre ces
procès et le décret de Mégares, il y eut
plutôt coïncidence que corrélation. Un

1. Thucydide, I, 32-33, 56, 67, 139-140, II, 31; Diodore
de Sicile, XII, 31-39.

doute subsiste néanmoins, et l'on peut admettre que, d'une part, la situation difficile où Périclès se trouvait alors, d'autre part un sentiment très défendable, quoique très personnel, influèrent sur sa conduite. Périclès avait soixante-cinq ans ; la guerre lui paraissait inévitable dans un temps donné : ne valait-il pas mieux pour les Athéniens qu'elle éclatât lui vivant ? Les grands hommes sont naturellement portés à identifier leur propre intérêt avec l'intérêt public.

La guerre commença. Les Athéniens eurent d'abord l'avantage. Ils investirent Potidée, occupèrent Égine et Platées, prirent Prasies aux Lacédémoniens, chassèrent la flotte péloponnésienne des eaux de Céphallénie, envahirent la Mégaride, ravagèrent les côtes de l'Argolide, de la Laconie et de la Messénie. Mais ces succès remportés au loin ne compensaient pas les calamités qui s'abattaient sur Athènes. Deux fois les Lacédémoniens entrèrent en Attique, forçant les habitants à se réfu-

gier derrière les murs de la cité. Leurs
demeures, leurs terres, leurs mines d'argent
abandonnées aux dévastations de l'ennemi, ils bivaquaient misérablement sur les
places, autour des temples, entre les Longs
Murs. Soudain la peste éclata avec une in-
tensité inouïe au milieu de cette population
agglomérée dans un petit espace et déjà
affaiblie par les souffrances et les priva-
tions. Il mourut un nombre énorme de
personnes. On ne pouvait suffire aux inci-
nérations ni aux inhumations ; les rues
étaient jonchées de cadavres [1].

Cette horrible épidémie, l'invasion de
l'Attique par les Péloponnésiens, les ravages
qu'ils y exerçaient, tous ces maux, joints à
la perspective d'une longue guerre, provo-
quèrent une irritation générale contre Périclès. Ses adversaires politiques en profitèrent. Le procès en reddition de comptes
qui lui avait été intenté quelque temps

1. Thucydide, II, 1-6, 47-59 ; Diodore de Sicile, XII,
42-45.

auparavant, à l'époque du procès d'Aspasie, et qui avait été abandonné au début de la guerre, fut repris par le démagogue Cléon durant l'été de 430. Périclès dut comparaître devant les dikastes. Reconnu coupable, il fut condamné à une amende de quatre-vingts talents et révoqué de ces fonctions de stratège, auxquelles, depuis plus de trente ans, il avait été réélu chaque année pour la gloire d'Athènes [1].

Aussi durement frappé dans sa vie politique, Périclès ne fut pas moins douloureusement atteint dans sa vie privée. A peu de jours d'intervalle, plusieurs de ses amis, sa sœur et ses deux fils légitimes, Xanthippos et Paralos, moururent de la peste. Lorsque Périclès, qui avait supporté tous ses malheurs avec fermeté, posa la couronne funèbre sur la tête de Paralos, il ne put contenir son cœur déchiré. Éclatant en sanglots le visage noyé de larmes, il tomba

1. Thucydide, II, 65; Diodore de Sicile, XII, 44; Plutarque, *Pericles*, XXXV.

évanoui près du cadavre de son dernier fils [1].

Un an après sa condamnation, les Athéniens, que leur excessive mobilité entraînait parfois à de pareils retours, rendirent le pouvoir à Périclès. Ils firent plus : ils lui rendirent un fils en abrogeant la loi sur les enfants illégitimes. Périclès avait un fils d'Aspasie. Il put le reconnaître et le faire inscrire comme Athénien sur les registres publics [2]. Ce fils, qui s'appelait Périclès, fut élu stratège en 406. Vainqueur des Lacédémoniens à la bataille navale des Arginuses, il eut le sort des cinq autres généraux qui commandaient avec lui dans la campagne d'Éolide : les Athéniens les honorèrent pour leur victoire, mais ils les condamnèrent à mort pour avoir, après le combat, négligé de porter secours aux blessés et aux naufragés. Dans l'assemblée du Pnyx, qui, par dérogation à la loi,

1. Plutarque, *Pericles*, XXXVI.
2. Thucydide, II, 65; Diodore de Sicile, XII, 45; Plutarque, *Pericles*, XXXVII.

jugea les stratèges, Socrate, l'ancien ami de
Périclès et d'Aspasie, fut seul à protester
contre l'illégalité de la procédure[1].

Périclès mourut d'une fièvre lente, quelques mois à peine après avoir recouvré le
pouvoir, vers le milieu de l'année 429.
Selon Eschine le philosophe, Aspasie devint
alors la maîtresse d'un riche marchand de
bestiaux nommé Lysiklès, et, grâce à elle,
ce rustre prit rang parmi les premiers personnages de la république[2]. Thucydide et
Aristophane citent, en effet, un certain Lysiklès, marchand de moutons, qui, élu stratège en 428, fut tué à l'ennemi à la fin
de la même année[3], c'est-à-dire moins de
dix-huit mois après la mort de Périclès.
Aspasie aurait donc oublié bien vite l'homme
qui avait été pour elle un époux, et, d'autre
part, elle aurait mis bien peu de temps à

1. Xénophon, *Hellenic.*, I, 7; *Memorab.*, I, 1; Platon
Apolog. Socrat., p. 32; Diodore de Sicile, XIII, 102.

2. Eschine, cité par Plutarque, *Pericl.*, XXIV; Hésychius
et Harpocration, s. v. Ἀσπασία.

3. Thucydide, III, 19; Aristophane, *Equites*, v. 132.

faire l'éducation politique de Lysiklès ! Au
reste, comme cette liaison avec Lysiklès
semble fort douteuse, on est libre de ne
s'en inquiéter point et de croire qu'Aspasie
demeura fidèle au souvenir du grand
Athénien.

Aspasie n'a pour ainsi dire pas d'histoire; mais elle a une légende qui la place
plus haut que ne la mettrait son histoire.
Les Socratiques ont fait de la Milésienne
une figure idéale. C'est comme la muse du
siècle de Périclès qu'elle vit dans la mémoire des hommes.

Juin-juillet 1886.

CLÉOPATRE

A ALEXANDRE DUMAS FILS.

CLÉOPATRE

I

Après quarante ou cinquante siècles d'existence, l'empire d'Égypte agonisait sous l'œil de jettatore du peuple romain. La dynastie grecque, qui avait donné au pays une force nouvelle et un renaissant éclat, s'était épuisée dans les débauches, les crimes et les guerres civiles. Elle ne se maintenait plus que par la grâce de Rome, dont elle achetait à haut prix la fatale protection et qui daignait tolérer, pour quelque temps encore, une Égypte indépendante. Déchargés

de presque tout service militaire par l'introduction des mercenaires hellènes et gaulois, les Égyptiens avaient perdu l'habitude
des armes. Ils avaient subi tant d'invasions
et accepté tant de monarchies étrangères,
que la patrie ne se résumait plus pour
eux que dans la religion des ancêtres. Peu
importait à ces peuples, nés serviles et
accoutumés à tous les despotismes, d'être
gouvernés par un roi grec ou par un proconsul romain. Ils n'en donneraient pas
un épi de moins, ni n'en recevraient un
coup de bâton de plus.

Sa gloire éclipsée et sa puissance déchue,
il restait à l'Égypte sa miraculeuse richesse.
L'agriculture, l'industrie et le commerce
déversaient dans Alexandrie un triple flot
d'or. L'Égypte avait naguère approvisionné
de blé la Grèce et l'Asie Mineure; elle
demeurait le grenier inépuisable du bassin
méditerranéen. Mais la fertile vallée du
Nil — « si fertile, dit Hérodote, qu'on
n'avait pas besoin d'y tracer de sillon avec
la charrue » — ne donnait pas seulement

du blé. L'orge, le maïs, le lin, le coton, l'indigo, le papyrus, le henné dont les femmes se teignaient les ongles, le trèfle qui suffisait à la nourriture d'innombrables troupeaux de bœufs et de moutons, les oignons et les raves dont les ouvriers employés à construire la grande pyramide de Khéops mangèrent pour huit millions de drachmes, les raisins, les dattes, les figues et ces délicieux fruits du lotos terrestre qui, selon Homère « faisaient oublier la patrie », étaient d'autres sources de richesse. L'industrie indigène produisait le papier, les meubles de bois, d'ivoire et de métal, les armes, les nattes, les tapis, les tissus de fil, de laine et de soie, les étoffes brodées et peintes, les faïences vernissées, les verreries, les coupes de bronze et d'albâtre, les émaux, les bijoux d'or, les parures de gemmes. Le commerce enfin, qui avait des comptoirs au delà du cap des Aromates, qui lançait ses caravanes à travers l'Arabie et le désert Lybique et dont les innombrables navires sillonnaient les

mers depuis les colonnes d'Hercule jusqu'aux bouches de l'Indus, avait fait d'A-
lexandrie l'entrepôt des trois continents.
Sous Ptolémée XI, père de Cléopâtre, les
impôts, la dîme et les droits d'entrée et de
sortie donnaient, chaque année, douze mille
cinq cents talents (soixante-huit millions
de francs) au trésor royal[1].

La capitale des Ptolémées, Alexandrie,
faisait s'écrier à Achille Tatius : « Nous
sommes vaincus, mes yeux. » Et vraisemblablement Achille Tatius ne vit cette cité
qu'après la ruine de plusieurs de ses
édifices. Mais ce qui avait de tout temps
frappé d'abord l'étranger, c'étaient moins
le nombre et la magnificence des monuments que la disposition symétrique et la
superbe ordonnance de la ville. Deux
grandes avenues, bordées de colonnades de

---

1. Discours (perdu) de Cicéron, cité par Strabon, XVII,
13. — Cicéron entendait vraisemblablement douze mille
cinq cents talents attiques, le talent attique étant d'un usage
plus général que le talent ptolémaïque, qui valait quatre fois
moins.

marbre et se croisant à angle droit, tra-
versaient Alexandrie. L'avenue longitudi-
nale, longue de plus de trente stades (quatre
mille huit cents mètres) et large de trente-
cinq mètres, s'orientait du couchant au
levant; elle partait de la porte de la Nécropole pour aboutir à la porte Canobique.
L'avenue transversale s'étendait sur une
longueur de dix-sept stades, de l'enceinte
du Sud au grand Port. Toutes les autres
avenues et rues, également pavées de gros
blocs de pierre et garnies de trottoirs, et
également perpendiculaires les unes aux
autres, venaient se raccorder avec les deux
voies principales. Cette distribution régulière, cet aspect grandiose, ces infinies per-
spectives donnaient à Alexandrie un caractère unique au monde. On sentait qu'à
l'inverse des autres cités, qui s'étaient
formées peu à peu, par agglomérations suc-
cessives, celle-ci avait été créée d'un seul
coup, d'après un plan arrêté. En effet, cette
ville avait pour ainsi dire surgi du sable
par la volonté d'Alexandre. C'était Alexan-

dre qui avait déterminé l'emplacement de
la ville, c'était Alexandre qui avait donné
à l'enceinte la forme de la chlamyde macé-
donienne, c'était Alexandre qui, avec son
architecte Dinarque, avait tracé ce réseau
régulier d'avenues et de rues, qui avait
indiqué les digues à élever pour établir le
nouveau port, qui avait désigné la place des
principaux édifices. Les Ptolémées avaient
ensuite embelli la ville, ils avaient construit
d'innombrables monuments et créé de merveilleux jardins ; des faubourgs populeux
s'étaient fondés à l'est et à l'ouest. Mais,
dans son ensemble, Alexandrie était de-
meurée telle que l'avait conçue Alexandre.

C'était du Panéum, colline artificielle de
trente-cinq mètres d'altitude, située au milieu de la ville, qu'on avait le panorama
d'Alexandrie. Au sud, des milliers de maisons et de palais particuliers s'étendaient jusqu'à l'enceinte qui, par l'effet de la perspective, semblait baigner dans la nappe d'étain
du lac Maréotis. Les humbles maisonnettes
crépies à la chaux, percées irrégulièrement

de petites fenêtres garnies de grilles de bois
et dont le toit en terrasse, surmonté de
ventilateurs, servait de dortoir pendant les
chaudes nuits de l'été, alternaient avec les
vastes demeures qui s'élevaient au milieu
des cours et des jardins, cachant à la vue
des passants, par de hautes murailles cré-
nelées comme des remparts, leurs blanches
façades à portiques monumentaux, à ran-
gées de colonnettes peintes et à corniches
décorées de bandes multicolores. Le grand
Sarapéum dominait tout le quartier. On
accédait à ce colossal édifice par un escalier en spirale de cent degrés ; des colonnes
de syénite, d'ordre corinthien, hautes de
trente-deux mètres, en supportaient la
coupole.

Si l'on tournait les yeux vers la mer,
le regard embrassait les quartiers du nord,
l'ancien Port et le Port neuf, séparés l'un
de l'autre par une gigantesque jetée de
sept stades, qui reliait à la cité l'île de
Pharos. A l'extrémité orientale de cette
île, se dressait le phare, immense tour

octogone à deux étages, haute de cent onze
mètres, tout entière construite en marbre blanc. Autour du grand Port, depuis le
cap Lochias jusqu'à l'Heptastade, régnait
une superbe ligne de quais, le long desquels
s'élevaient les palais et les temples. Les
édifices de pur style grec succédaient aux
monuments égyptiens et à d'autres constructions magnifiques où les deux archi-
tectures avaient combiné leurs éléments,
relevant la pauvre modénature de l'art
saïte par les reliefs des ordres helléniques,
faisant alterner la colonne corinthienne avec
la colonne campaniforme et mariant la
feuille d'acanthe à la fleur du papyrus.
Dans la perspective des doubles portiques en
colonnades se creusaient les absides des
exèdres de marbre. A l'extrémité des longues avenues de sphinx, les gigantesques
pylônes dressaient leurs massifs pyrami-
daux, où défilaient sur les blanches parois,
les processions de figures peintes et dont
le disque emblématique, aux grandes ailes
déployées, décorait l'entablement. Ici, le

temple grec profilait sur le ciel son fronton sculpté dans le paros; là, le temple égyptien, vaste, trapu, mystérieux, avançait son pronaos de granit dont les piliers quadrangulaires portaient aux quatre faces de leurs chapiteaux cubiques la tête du dieu Hathor. Sur les terrasses superposées que couvraient les parterres de roses et qu'ombrageaient les sycomores, les mimosas et les palmiers, apparaissaient les palais entourés de portiques à colonnes lotiformes, les enfilades de pylônes, les pavillons en forme de tours coniques, les kiosques ajourés, les œdicules circulaires, les tribunes soutenues par des cariatides. Au milieu des places, au croisement des rues, devant les portes des édifices, s'élevaient les hermès, les colosses osiriens, les statues de dieux hellènes, les autels, les héroums, dominés d'espace en espace par les hauts obélisques et les grands mâts fixés en terre dont les banderolles multicolores flottaient au souffle de la brise.

Parmi ces innombrables monuments, on

distinguait d'abord, à la pointe du cap,
le temple d'Isis Lochias et une grande villa
royale ; puis devant le Port fermé des Rois,
les chantiers et les bâtiments de l'Arsenal.
Là commençait le Bruchium. Entouré d'une
enceinte de hautes murailles et de jardins
suspendus, le Bruchium était une ville dans
la ville. C'était la cité ptolémaïque. Chacun des Lagides y avait construit un palais,
édifié un temple, placé des statues, fait
sourdre des fontaines jaillissantes, planté
des bosquets d'acacias et de sycomores,
creusé des bassins où s'épanouissaient les
nénuphars et les lotos bleus, Strabon appli-
que aux monuments du Bruchium le vers
de l'*Odyssée* : « Ils sortent les uns des
autres. » Près des divers palais des rois
et de leurs vastes dépendances, s'élevaient
le temple de Kronos, le temple d'Isis Plou-
sia, le petit Sarapéum, le temple de Posidôn, le gymnase avec ses portiques d'un
stade, le théâtre, la galerie couverte, la
Bibliothèque, contenant sept cent mille
volumes, enfin le Soma, immense mau-

solée où Alexandre reposait dans un cercueil d'or massif, remplacé plus tard par
un cercueil de verre. Un autre édifice du
Bruchium attirait encore la vue par ses
énormes proportions et son épistyle que
couronnait un dôme. C'était le célèbre
Musée d'Alexandrie, à la fois école, monas-
tère et académie. Les grammairiens, les
poètes, les philosophes, les astronomes y
vivaient en commun aux frais des Ptolémées, et on l'appelait méchamment la
Cage des Muses. — Cage magnifique, en
tout cas, où chantèrent Théocrite, Calli-
maque, Apollonius, et d'où s'éleva la
grande voix de la philosophie alexandrine.

Après le temple de Posidôn, les quais
s'infléchissaient en ligne brisée vers le sud-
ouest. Là aussi les monuments succédaient
aux monuments. C'étaient la Bourse, le
temple de Bendis, le temple d'Arsinoé et
les immenses Apostases où s'amoncelaient
les marchandises du monde entier. Au delà
de l'Heptastade, on découvrait le vieux port

avec ses grands chantiers de construction,
et plus à l'ouest, en dehors de l'enceinte,
le faubourg de la Nécropole, le quartier
funèbre des embaumeurs [1].

1. Sur la topographie et les monuments d'Alexandrie, cf.
Diodore de Sicile, XI, 52; Strabon, XVII, 6-10; Ammien
Marcellin, XXII, 16; Achille Tatius, *Leucipp. et Clit.* V,
1; Mahmoud-Bey, *Mém. sur l'antique Alexandrie*; Kiepert,
Topogr. der alten Alexandrie; Néroutsos-Bey, *l'Ancienne
Alexandrie*.

II

Alexandrie était une ville cosmopolite.
Tandis que les cités de la Haute-Égypte et
de l'Heptanomide avaient conservé le caractère national, dans le Delta la civilisation
hellénique s'était greffée sur la civilisation
égyptienne, ou plutôt elle s'y était juxta-
posée. Les lois et décrets étaient rédigés dans
les deux langues. Le sacerdoce, le gouvernement, la police, les tribunaux, l'administration appartenaient par moitié aux
Hellènes et aux indigènes; l'armée se com-

4

posait de mercenaires grecs et gaulois, de
bandits ciliciens, d'esclaves romains fugitifs.
A Alexandrie, où depuis plus de deux siècles s'étaient établies d'innombrables colonies, les indigènes, groupés de préférence
dans la vieille ville égyptienne appelée
Rhakôtis, formaient tout au plus le tiers
de la population. Les Juifs, qui habitaient
un quartier spécial, où ils avaient leur
ethnarque et leur Sanhédrin, étaient dans
la proportion de un à trois. Du Phare au
Sarapéum, de la porte de la Nécropole à
la porte Canobique, on rencontrait autant
d'étrangers que d'Égyptiens. C'était une foule
bruyante et bigarrée de Grecs, de Juifs, de
Syriens, d'Italiotes, d'Arabes, d'Illyriens,
de Perses, de Phéniciens. Dans les rues et
sur le port, on parlait toutes les langues,
dans les temples on sacrifiait à tous les
dieux. En cette Babel, chaque race appor-
tait ses passions. La population d'Alexandrie, qui s'élevait à trois cent vingt mille
habitants sans compter les esclaves, était
aussi turbulente que celle des autres villes

d'Égypte était tranquille et résignée. Pendant les règnes des derniers Lagides, la plèbe alexandrine secondait les révolutions de palais, espérant trouver sous de nouveaux souverains plus de liberté et moins d'impôts[1].

Ptolémée XI (Aulète) mourut en juillet 51 avant Jésus-Christ[2]. Il laissait quatre enfants[3]. Par son testament il désigna pour lui succéder au trône sa fille aînée Cléopâtre et son fils aîné Ptolémée. Selon la coutume égyptienne, le frère devait épouser sa sœur. A la mort du roi, Cléopâtre avait seize ans,

1. Cæsar, *De Bello civili*, III, 110; Strabon, XVII, 11.

2. Cicéron, *Ad Fam.*, VIII, 4.

3. Selon Porphyre (*Fragm. Histor. Græc.*, édit. Didot, III, 723), Ptolémée Aulète avait eu six enfants dont quatre filles : Cléopâtre-Tryphœne, Bérénice, Cléopâtre, Arsinoé, et deux fils tous deux nommés Ptolémée. Des deux aînées, la première, Cléopâtre-Tryphœne, mourut en 55, la seconde, Bérénice, fut suppliciée par ordre de son père. — Selon Strabon, (XVII, 11) dont le témoignage est adopté par Champollion (*Annales des Lagides*, II, 299-304), mais repoussé par la plupart des égyptologues, Ptolémée n'aurait eu que cinq enfants, dont trois filles : Bérénice (suppliciée), Cléopâtre et Arsinoé.

Ptolémée en avait treize[1]. Le gouverneur du jeune Ptolémée, l'eunuque Pothin, était un ambitieux. Maître de l'esprit de son élève, il comptait diriger les affaires de l'Égypte sous le nouveau règne. Mais il ne tarda pas à s'apercevoir que Cléopâtre ne laisserait ni lui ni Ptolémée gouverner l'État. Orgueilleuse et volontaire, Cléopâtre était en outre habile, intelligente et très instruite. Elle parlait huit ou dix langues, dont l'égyptien, le grec, le latin, l'hébreu, l'arabe, le syriaque[2]. Comment admettre que cette femme, si fière et si bien douée, abdiquerait sa part de souveraineté au profit d'un enfant mené par un eunuque? Ou Cléopâtre se débarrasserait de son frère, ou, si elle se résignait à vivre avec le jeune roi, elle acquerrait bientôt un empire absolu sur lui. Elle serait la tête de cette dyarchie. Pothin le comprit et il mit tout en œuvre pour perdre la reine. Il commença par provoquer des rivalités parmi

1. Cléopâtre était née en 67, Arsinoé en 66, Ptolémée XII en 64, Ptolémée XIII en 63. Letronne, *Inscript.*, II, p. 68.
2. Plutarque, *Anton.*, XXVII.

les ministres et les grands officiers de la couronne, puis, quand la dissension fut au comble dans le gouvernement entre les partisans du roi et ceux de Cléopâtre, il souleva contre la jeune reine le peuple d'Alexandrie. Il accusait Cléopâtre de vouloir régner seule, dût-elle faire appel à l'intervention armée des Romains. Elle avait, disait-il, arrêté ce plan avec le fils aîné du grand Pompée, Cn. Pompée, qui, de passage à Alexandrie en 49, y était devenu son amant [1].

L'émeute grondait aux portes du palais et la connivence de Pothin et du jeune roi avec les chefs de l'insurrection ne pouvait échapper à la perspicacité de Cléopâtre. Elle quitta Alexandrie, accompagnée de quelques fidèles. D'ailleurs la fugitive ne se considérait point comme vaincue. Elle ne renonçait pas si facilement à cette couronne d'Égypte qu'elle avait déjà portée trois ans. Bientôt

1. Cæsar, *De Bello civili*, III. 103, 108 ; Strabon, XVII, 11 ; Plutarque, *Pomp.*, LXXXII ; *Cæsar*, LIV ; *Anton.*, XXVI; Dion, XLII, 9.

4.

on apprit à Alexandrie que Cléopâtre avait levé une armée aux confins de l'Égypte et de l'Arabie, et qu'elle marchait sur Péluse. Le jeune roi réunit ses troupes et s'avança à sa rencontre [1].

Le frère et la sœur, l'époux et la femme, se trouvaient prêts à combattre avec leurs armées aux environs de Péluse, lorsque l'illustre vaincu de Pharsale vint demander asile aux Égyptiens. Pompée croyait pouvoir compter sur la reconnaissance des enfants de Ptolémée Aulète, car c'était à son instigation que sept ans auparavant, Gabinius, proconsul de Syrie, avait rétabli ce roi sur son trône. Il est vrai qu'après Pharsale, Pompée était désarmé et César toutpuissant. En secourant un fugitif dont on n'avait plus rien à attendre, on risquait de s'attirer la colère de César. Pothin et les autres ministres du jeune roi n'hésitèrent pas : ils accueillirent Pompée, mais ce fut

1. César, *De Bello civili*, III, 103 ; Plutarque, *Pomp.*, LXXXII ; *César*, LIV ; Dion, XLII, 3 ; Appien, II, 84.

pour le faire égorger, quand il mit le pied
sur la terre d'Égypte. Sa tête, embaumée
avec l'art savant du pays, fut présentée à
César lorsque celui-ci, qui poursuivait Pompée, débarqua à Alexandrie. César détourna
les yeux de ce hideux trophée et reprocha
vivement leur crime à Pothin et à Akhillas[1].
Sans doute, les deux misérables ne se trou-
blèrent pas à ces reproches. Ils estimaient
avoir rendu un grand service à César en le
délivrant de son plus puissant ennemi, et
ils avaient assez la connaissance des hommes
pour comprendre que, Pompée mort, la
magnanimité était facile à César.

César apprit bientôt les démêlés de Ptolémée et de Cléopâtre, la fuite de celle-ci
sous la menace populaire, la bataille imminente entre les deux armées concentrées
près de Péluse. La politique romaine avait
toujours été d'intervenir dans les querelles
intestines des États. Cette politique d'inter-

1. Cæsar, *De Bello civili*, III, 103, 104, 106; Plutarque,
Pomp., LXXXII-LXXXVII; *Cæsar*, LIII; Dion, XLII, 3-5,
7-8; Appien, II, 84-86; Lucain, VIII, v. 736-741.

vention était d'autant plus à l'ordre du jour
pour César, relativement à l'Égypte, que
sous son premier consulat, Ptolémée Aulète
avait été déclaré allié de Rome et que ce
roi, dans son testament, conjurait le peuple
romain de faire exécuter ses dernières volontés[1]. Un autre motif, qu'il ne mentionne
pas dans ses *Commentaires*, engageait César
à s'immiscer dans les affaires de l'Égypte.
Créancier à peu de frais du feu roi, il avait
à réclamer de ses héritiers le payement
d'une forte somme. Il ne s'agissait pas de
moins que de sept millions cinquante mille
sesterces, qui restaient dus sur les trente-
trois mille talents que Ptolémée s'était en-
gagé naguère à payer à César et à Pompée
si, par l'appui des Romains, il recouvrait
sa couronne[2].

Pothin, cependant, estimait qu'il avait
assez fait pour César en lui offrant la tête
de Pompée. Il le pressait de se rembarquer

1. Cæsar, *De Bello civili*, III, 107 ; Dion, XLII, 9.
2. A l'époque du premier consulat de César, en 59. Plutarque, *Cæsar*, LIV ; Suétone, *Cæsar*, LIV.

et d'aller où l'appelaient des affaires bien
autrement importantes pour lui que la
guerre de Ptolémée et de Cléopâtre: dans le
Pont d'où Pharnace chassait son lieutenant
Domitius, à Rome où Cœlius soulevait la
plèbe. Aux réclamations de César, il répondait que le trésor était vide; à ses offres
d'arbitrage entre les héritiers de Ptolémée,
il objectait qu'il ne convenait pas à un
étranger de s'immiscer dans cette querelle, qu'une telle intervention soulèverait
l'Égypte. A l'appui de ses paroles, il rappelait que le peuple d'Alexandrie, regardant les
faisceaux portés devant César comme attenta-
toires à la dignité royale, s'indignait de
cet appareil; que chaque jour il y avait des
commencements d'émeutes; que chaque
nuit il y avait des soldats romains assas-
sinés; que la population alexandrine était
bien nombreuse et que l'armée de César
(trois mille deux cents légionnaires et huit
cents cavaliers) était bien petite [1].

1. Cæsar, *De Bello civili*, III, 106; Plutarque, *Cæsar*,
LIV; Dion, XLII, 34.

Mais ces refus, ces conseils, ces quasi-menaces ne pouvaient rien contre la volonté de César. A bout de prières, il commanda. Il ordonna à Pothin d'inviter formellement en son nom Ptolémée et Cléopâtre à licencier leurs armées et à venir exposer leur différend devant son tribunal de consul. L'eunuque dut obéir; mais, rusé autant que César était tenace, il pensa à faire servir cette intervention, qu'il redoutait d'abord, au succès de ses projets. Dans ce dessein, il transmit à Cléopâtre l'ordre de César de licencier ses troupes, mais sans lui dire qu'elle était attendue à Alexandrie, et il écrivit à Ptolémée de se rendre sur-le-champ auprès de César, tout en conservant ses soldats sous les armes. Pothin comptait de la sorte, et se délivrer de l'armée de Cléopâtre, et attirer au jeune roi la faveur de César, puisque seul des deux héritiers d'Aulète cités par le consul, Ptolémée allait déférer à cette invitation. Peu de jours après, Ptolémée arriva en effet à Alexandrie. Il fit à César mille protestations d'amitié et,

soutenu dans ses assertions par Pothin,
Akhillas et les autres ministres, il exposa
le différend qui existait entre lui et Cléopâtre, en mettant tous les torts du côté de
celle-ci. César, cependant, ne se laissait pas
convaincre si aisément. Pothin avait cru
que l'absence de Cléopâtre irriterait César
contre elle, mais César ne pouvait admettre
que la jeune reine eût décliné par mépris
son invitation de se rendre à Alexandrie.
Il pensait plutôt que c'était quelque machination de Pothin qui mettait obstacle à sa
venue. Afin de s'en assurer, il dépêcha
secrètement un envoyé à Cléopâtre, qu'il
savait toujours près de Péluse[1].

La reine attendait avec impatience des
nouvelles de César. Au reçu de son premier message, imparfaitement transmis par
Pothin, elle s'était empressée de licencier
son armée. Cléopâtre était déjà pleine de
confiance dans le grand capitaine qu'on

---

1. César, *De Bello civili*, III, 107, 108; Plutarque, *Cæsar*,
LIV; Dion, LXII, 34.

appelait « le mari de toutes les femmes »[1].
Elle comprenait cependant qu'il lui fallait
voir César ou plutôt qu'il fallait que César
la vît. Or les jours passaient, et l'invitation de se rendre à Alexandrie n'arrivait
pas. Le second message de César parvint
enfin. Cléopâtre apprit que César l'avait
déjà mandée près de lui, mais que Pothin
avait pris ses mesures pour qu'elle n'en
sût rien. Ses ennemis, la chose était évi-
dente, ne voulaient point qu'elle eût une
entrevue avec César. Maintenant que leur
ruse était éventée, ils emploieraient la force.
Sans doute, ils étaient sur leur garde et ils
avaient donné leurs instructions. Si Cléopâtre
voulait gagner Alexandrie par terre, elle
tomberait dans les avant-postes de l'armée
égyptienne cantonnée sous Péluse; par mer,
sa trirème royale n'échapperait pas aux
navires de Ptolémée en croisière devant
l'entrée du port. Parvînt-elle même dans

---

1. *Omnium mulierum vir*. Parole de Curion rapportée
Suétone, *Cæsar*, LII.

Alexandrie, elle risquerait d'y être écharpée par la populace sur un mot d'ordre de Pothin. Jusque dans le palais du roi, où César habitait comme hôte de Ptolémée, c'est-à-dire avec une garde d'honneur égyptienne, la jeune femme pouvait être arrêtée ou tuée par les factionnaires.

Cléopâtre, renonçant à entrer à Alexandrie avec l'appareil d'une reine, s'avisa de s'y introduire, non point seulement sous un déguisement, mais dans un ballot. Accompagnée d'un seul homme dévoué, le Sicilien Apollodore, elle s'embarqua près de Péluse sur une barque pontée qui pénétra au milieu de la nuit dans le port d'Alexandrie. On accosta le quai devant une des petites portes du palais. Cléopâtre s'enveloppa dans un de ces grands sacs d'étoffe grossière, teints de plusieurs couleurs, qui servaient aux voyageurs à serrer les matelas et les couvertures[1]. Apollodore l'y lia avec une courroie; puis, chargeant le sac sur

1. Στρωματόδεσμον.

5

ses épaules, il franchit la porte du palais,
alla droit à l'appartement de César et déposa
devant lui ce précieux fardeau [1].

Aphrodite était sortie, radieuse, du sein
de la mer; Cléopâtre sortait plus modes-
tement d'un sac. Mais César n'en fut pas
moins ému de la surprise et ravi de l'apparition [2]. Cléopâtre, qui avait alors dix-neuf
ans, était dans la fleur de son étrange et sé-
duisante beauté. Dion Cassius appelle la
reine d'Égypte la plus belle de toutes les
femmes : περικαλλιστάτη γυναικῶν. Mais Plutarque, qui ne se contente pas d'une épi-
thète pour la peindre, s'exprime ainsi : « Sa
beauté n'avait rien de si incomparable
qu'elle provoquât l'admiration; mais par le
charme de sa physionomie, la grâce de
toute sa personne, l'attrait de son intimité,
Cléopâtre laissait un aiguillon dans l'âme. »
Voilà le vrai portrait. Cléopâtre n'avait pas

---

1. Plutarque, *Cæsar*, LIV. Cf., Dion, XLI, 34, et Lucain,
X, v. 59, sqq.

2. Plutarque, *Cæsar*, LV; Dion XLII, 34. Cf. Lucain, X,
v. 74, sqq.

la beauté souveraine ; elle avait la suprême
séduction. Victor Hugo disait d'une célèbre
femme de théâtre : « Elle n'est pas jolie, elle
est pire. » Ce mot si suggestif pourrait s'ap-
pliquer à Cléopâtre. Plutarque ajoute, et
son témoignage est confirmé par Dion, que
Cléopâtre parlait avec une voix mélodieuse,
d'une douceur infinie[1]. Ce renseignement
est bien précieux au point de vue psycholo-
gique. Certes, ce n'était pas un des moindres
attraits de la sirène du Nil, que ce charme
de la voix, don divin si rarement départi,
pure et pénétrante caresse, ravissement de
tous les instants.

Ce premier entretien entre César et Cléopâtre dura vraisemblablement fort avant
dans la nuit. Ce qui est certain, c'est que
dès les premières heures du jour, César fit
appeler Ptolémée et lui dit qu'il devait se
réconcilier avec sa sœur et l'associer au
trône. « En une nuit, dit Dion Cassius,

---

1. Plutarque, *Anton.*, XV ; Dion, XLII, 34. — Voir sur
l'iconographie de Cléopâtre l'appendice IV.

César était devenu l'avocat de celle dont il
se croyait naguère le juge[1]. » Ptolémée ré-
sistait aux ordres peu déguisés du consul,
lorsque Cléopâtre ayant été introduite, le
jeune roi, fou de colère, jeta son diadème
aux pieds de César et sortit du palais en
proférant les cris : « Trahison! trahison!
aux armes! » La multitude s'ameute à sa
voix et marche contre le palais. César ne
se sentant pas en force (il avait pu réunir
seulement quelques manipules de légionnaires) monte sur une des terrasses et, de
loin, harangue la foule; il réussit à la calmer
par ses promesses de faire tout ce que vou-
dront les Égyptiens. En même temps, ses
légionnaires, qui arrivent du camp, entourent le jeune Ptolémée, l'isolent de ses partisans et avec toutes sortes de marques de
respect le font, bon gré, mal gré, réintégrer
le palais où il va servir d'otage à César[2].

1. Ἧς γὰρ δικαστὴς πρότερον ἠξιοῦτο εἶναι, τότε ταύτῃ
συνεδίκει. Dion, XLII, 35. Cf. Plutarque, *Cæsar*, LV; Lucain, X, v. 74, sqq.

2. Dion, XLII, 35. Cf. Cæsar, *De Bello civili*, III, 107-108.

Le lendemain, le peuple fut convoqué sur la place publique. César, accompagné de Ptolémée et de Cléopâtre, s'y rendit en grand appareil avec son escorte de licteurs. Tous les Romains étaient sous les armes, prêts à réprimer la première tentative de sédition. César lut à haute voix le testament de Ptolémée Aulète et déclara solennellement, au nom du peuple romain, qu'il ferait respecter les dernières volontés du feu roi. En conséquence, les deux aînés de ses enfants devaient régner ensemble sur l'Égypte. Quant aux deux autres enfants du roi, il leur faisait don, lui César, de l'île de Chypre et leur en déférait la souveraineté.

Cette scène imposa aux Alexandrins. César, pourtant, redoutait un soulèvement. Il s'empressa d'appeler à Alexandrie des légions nouvelles, qu'il avait formées en Asie Mineure avec les débris de celles de Pompée. Mais bien avant le temps où ces renforts pouvaient arriver, l'armée égyptienne de Péluse, sur des ordres envoyés secrètement par Pothin, entrait dans la ville pour chasser les

Romains. En même temps, la jeune sœur de Cléopâtre, Arsinoé, s'évadait du palais avec l'aide de l'eunuque Ganymède, et au défaut de Ptolémée, toujours prisonnier de César, elle était acclamée comme fille des Lagides par l'armée et le peuple. Commandée par Akhillas, cette armée comptait dix-huit mille fantassins et deux mille cavaliers, et la population d'Alexandrie faisait cause commune avec elle contre l'étranger.

César n'avait que quatre mille hommes et les équipages de ses trirèmes. Il se trouvait dans un extrême péril. Occupant avec cette poignée d'hommes les palais du Bruchium, il était assiégé du côté de la ville par les soldats d'Akhillas et la plèbe en armes, et sa flotte, qui se trouvait à l'ancre dans le grand Port, y était comme prisonnière, puisque l'ennemi tenait les passes du Taureau et de l'Heptastade. Il redoutait même que cette flotte immobile ne tombât aux mains des Alexandrins, qui s'en seraient servis pour barrer la route de mer aux convois d'hommes et de vivres.

César conjura ce premier danger en faisant mettre le feu à ses vaisseaux. Cet immense incendie gagna les quais et détruisit nombre de maisons et d'édifices, entre autres l'Arsenal, la Bibliothèque et l'Entrepôt des blés. Les Égyptiens exaspérés se ruèrent à l'attaque, mais les légionnaires, aussi bons terrassiers que soldats intrépides, avaient transformé le Bruchium en un camp retranché inexpugnable. Partout c'étaient des levées de terre, des barricades, des lignes de palanques. Le théâtre était devenu une citadelle. Les Romains subirent vingt assauts sans perdre un pouce de terrain. César parvint même à s'emparer de l'île de Pharos, position qui lui livrait l'entrée du grand Port [1].

Les Égyptiens s'imaginèrent qu'ils seraient victorieux si, au lieu d'une femme comme Arsinoé, ils avaient Ptolémée à leur tête. Ils firent dire à César qu'ils ne lui faisaient la guerre que parce qu'il retenait leur roi pri-

1. Cæsar, *De Bello civili*, III, 107-112; Plutarque, *César*, LV; Dion, XLII, 35-40.

sonnier, et que dès qu'il lui aurait rendu
la liberté, ils cesseraient les hostilités. César
qui connaissait la mobilité d'esprit des
Alexandrins, se laissa persuader. Il leur
renvoya Ptolémée. Quant à son conseiller
accoutumé, Pothin, César avait surpris des
lettres de lui à Akhillas, et l'avait livré aux
licteurs. Dès que Ptolémée eut rejoint l'armée
égyptienne, la guerre, loin de s'arrêter,
reprit avec une nouvelle vigueur. Mais vers
ce temps-là, arriva par mer, à César, un
premier renfort, la 37ᵉ légion. On combattit
sans avantage marqué, jusqu'au commencement du printemps de l'année 47. On
apprit alors que Péluse venait d'être emportée d'assaut par une armée qui s'avançait
pour dégager César. C'était un corps auxi-
liaire que Mithridate le Pergaméen amenait
de Syrie. Les Égyptiens menacés d'être pris
entre deux ennemis, s'ils attendaient Mithridate dans Alexandrie, marchèrent à sa
rencontre. Une première bataille, qui resta
indécise, eut lieu près de Memphis. Mais,
quelques jours plus tard, César qui avait

lui aussi quitté Alexandrie, opéra sa jonction avec le corps de Mithridate. Une seconde bataille s'engagea. Les Égyptiens furent enfoncés et taillés en pièces, le roi Ptolémée se noya dans le Nil. Après cette victoire, César rentra, à la tête de ses troupes, dans Alexandrie soumise. La plèbe turbulente de la grande ville, connaissant désormais le poids de l'épée romaine, reçut le consul avec des acclamations [1].

Ainsi se termina la guerre d'Alexandrie qui devrait plutôt être appelée *la guerre de Cléopâtre*, puisque cette guerre, inutile à la renommée de César, nuisible à ses intérêts, indifférente à sa patrie, et où il faillit laisser et sa vie et sa gloire, il l'avait soutenue pour l'amour de Cléopâtre [2].

---

1. Hirtius, *de Bello Alexand.*; Plutarque, *Cæsar*, LV; Dion, XLII, 41-43.

2. ... τῇ Κλεοπάτρᾳ, ἧσπερ ἕνεκα καὶ ἐπεπολεμήκει, ... Dion Cassius, XLII, 44.

III

Dix-huit ans avant ces événements, César étant édile, avait tenté de faire voter par un plébiscite l'exécution du testament d'Alexandre II qui léguait l'Égypte au peuple romain [1]. Maintenant l'Égypte était soumise. César n'avait qu'une parole à prononcer pour que cette vaste et riche contrée devînt province romaine. Mais en l'an 65, Cléopâtre était à peine née ; en l'an 65, César n'avait

1. Suétone, *Cæsar*, XI.

pas senti la morsure du serpent du Nil,
comme l'appelle Shakespeare. Le consul n'eut
garde de se souvenir des propositions de
l'édile. Le premier acte de César, en ren-
trant à Alexandrie, fut de reconnaître solennellement Cléopâtre comme reine d'Égypte.
Toutefois, afin de ménager les sentiments
des Égyptiens, il décida que Cléopâtre épou-
serait son second frère, Ptolémée Néotéros, et
partagerait la souveraineté avec lui. Mais
comme le remarque Dion, cette union et
ce partage du trône étaient également illu-
soires. Le jeune prince, qui n'avait que
quinze ans, ne pouvait être encore ni roi ni
même époux de la reine. En apparence,
Cléopâtre était la femme de son frère et son
associée au trône ; en réalité, elle régnait
seule et restait la maîtresse de César [1].

Durant les huit mois de la guerre
d'Alexandrie, César, enfermé dans le palais,

1. Plutarque, *Cæsar*, LV ; Dion, XLII, 44 ; Porphyre,
Fragm. Histor. graec. III, p. 724. — Il y a même des
monnaies de Cléopâtre, frappées en 46, où ne figurent ni le
profil ni le nom de Ptolémée XIII.

n'avait guère quitté Cléopâtre que pour combattre. Cette longue lune de miel lui avait semblé courte; il aimait la belle reine autant et plus sans doute que dans les premiers jours, et il ne pouvait se résoudre à la quitter. En vain les plus graves intérêts l'appellent à Rome où le désordre règne, où le sang coule et où, depuis le 13 décembre de l'année précédente, on n'a pas reçu de lettres de lui[1]. En vain, en Asie, Pharnace, vainqueur des rois alliés de Rome et des légions de Domitius, s'empare du Pont, de la Cappadoce, de l'Arménie. En vain, en Afrique, Caton et les derniers Pompéiens concentrent à Utique une énorme armée : quatorze légions, dix mille cavaliers numides, cent vingt éléphants de guerre. En vain, en Espagne, les esprits s'échauffent et la

---

1. Cicéron, *Ad Atticum*, XI, 17. — Dans cette lettre, datée de Brindes, 14 juin 706, et dans la suivante (Brindes, 20 juin 706), Cicéron parle du long séjour de César à Alexandrie. « On croit, dit-il, qu'il y a bien de l'embarras : *valde esse impedimentum*. Cet *impedimentum*, dont César ne se plaignait pas, c'était Cléopâtre. »

révolte couve[1]. Devoir, intérêts, ambitions, dangers, César oublie tout dans les bras de Cléopâtre. Il se dispose à quitter Alexandrie, mais c'est pour entreprendre avec la belle reine un voyage d'agrément sur le Nil.

D'après les ordres de Cléopâtre, on a armé un de ces grands navires de plaisance à fond plat, en usage chez les Lagides pour naviguer sur le fleuve et appelés thalamègues. C'est un véritable palais flottant, long d'une demi-stade, haut de quarante coudées, à partir de la ligne de flottaison. Les étages s'y superposent, entourés de portiques et de galeries à jour, couronnées de belvédères qu'abritent les vélums de pourpre. A l'intérieur, il y a de nombreuses chambres aménagées avec toutes les commodités et toutes les luxueuses coquetteries de la civilisation gréco-égyptienne, de vastes salles autour desquelles règnent des colonnades, un baccheion périptère à treize lits,

1. Cicéron, *Ad Atticum*, XI, 10 et *passim*. Cf. Hirlius et Appien.

dont le plafond cintré comme celui d'une grotte est une étincelante rocaille de jaspe, de lapis, de cornalines, d'albâtre, d'améthystes, d'aigues-marines et de topazes. Le navire est de cèdre et de cyprès, les voiles sont de byssus, les cordages sont teints en pourpre. Partout, sculptés par d'habiles artistes, s'ouvrent les calices des lotos, se déroulent les volutes des acanthes et courent les guirlandes de feuilles de fèves et de fleurs de dattier; partout brillent les revêtements de marbre, de thuya, d'ivoire, d'onyx, les chapiteaux et les architraves de cuivre doré au feu. Des mimes, des acrobates, des musiciens, des troupeaux de danseuses et de joueuses de flûte sont à bord pour apporter dans l'austère solitude de la Thébaïde les divertissements et les luxures d'Alexandrie[1].

César et Cléopâtre rêvent avec délices à ce voyage d'enchantements. Ils vont promener leur jeune amour à travers les vieilles cités de l'Égypte, le long de ce « Nil

---

1. Suétone, *Cæsar*, LII; Athénée, V. 9. Cf. Dion, XLII, 45.

d'or » qu'ils remonteront jusqu'aux contrées
mystérieuses de l'Éthiopie. Mais à la veille
du départ, les légionnaires s'indignent, mur-
murent, se mutinent. Leurs officiers parlent haut au consul. César recouvre la
raison. Il pense un instant à emmener
Cléopâtre à Rome; mais il doit ajourner ce
projet. C'est en Arménie où le danger est
le plus pressant; c'est en Arménie qu'il ira
d'abord. César laisse deux légions à Cléopâtre, garde fidèle et redoutable qui assu-
rera la tranquillité dans Alexandrie, et il
s'embarque pour Antioche[1].

Pendant les campagnes de César en
Arménie et en Afrique (de juillet 47 à
juin 46), Cléopâtre resta à Alexandrie.
Quelques mois après le départ du dictateur, elle accoucha d'un fils. (César l'avait
laissée enceinte.) Elle nomma ce fils Ptolémée-Césarion, proclamant ainsi ses relations intimes avec César, qui d'ailleurs

1. Plutarque, *Cæsar*, LV; Suétone, *Cæsar*, LII; Dion, XLII,
45-48.

n'étaient pas un secret pour les Alexandrins [1].

Quand César, l'armée de Caton écrasée sous Thapsus, fut au moment de rentrer dans Rome, il écrivit à Cléopâtre de l'y venir rejoindre. Vraisemblablement elle arriva vers le milieu de l'été de l'année 46, à l'époque de la célébration des quatre triomphes de César. Dans le second, le triomphe d'Égypte, Cléopâtre put voir figurer, en tête du cortège des captifs, sa sœur Arsinoé qui, au début de la guerre d'Alexandrie, s'était jointe à ses ennemis. La reine avait amené avec elle son fils Césarion, son pseudo-mari, le jeune Ptolémée, et une suite nombreuse de courtisans et d'officiers. César donna comme résidence à Cléopâtre et à sa cour sa magnifique villa de la rive droite du Tibre [2].

1. Plutarque, *Cæsar*, LV; Suétone, *Cæsar*, LII; Dion XLIX, 41 et *passim*.

2. Suétone, *Cæsar*, LII; Dion, XLIII, 27. — La villa de César, entourée de vastes jardins, s'élevait à peu près sur l'emplacement actuel de la villa Panfili. C'est cette villa et

Officiellement, si l'on peut employer ce mot très nouveau pour exprimer une chose très ancienne, Cléopâtre fut bien reçue à Rome. Elle était reine d'un grand pays, allié de la République, et elle était l'hôte de César, alors tout-puissant. Mais sous les hommages rendus à Cléopâtre perçaient le mépris et la haine. Ce n'était pas que la société romaine s'offensât de sa liaison avec César. Depuis un demi-siècle, la Rome républicaine, aux mœurs chastes et aux principes sévères, avait pris une autre figure. Morale publique, morale privée, tout s'était transformé. Les électeurs vendaient leurs votes, et les élus se servaient de leur magistrature pour rentrer dans les frais de leur élection et pour subvenir aux dépenses d'une réélection ; ils trafiquaient des alliances, prévariquaient, pillaient, rançonnaient, s'entendant avec les publicains pour pressurer les provinces. A Rome, dans les

ses jardins que César devait plus tard léguer au peuple romain. Quant au dictateur, il habitait un des bâtiments publics de la Voie Sacrée.

derniers temps de la République, la politique est l'école du crime; le théâtre, où, contrairement à l'usage grec, les femmes peuvent assister aux comédies et aux jeux obscènes des mimes et des funambules, est l'école de la débauche. Le poète à la mode, c'est le licencieux Catulle. Le maître des élégances, en même temps que l'élève, le client et l'ami de Cicéron, c'est Cælius, ambitieux sans scrupule et libertin sans frein. L'assassinat devient un moyen de gouverner, l'empoisonnement un moyen d'hériter. Depuis les proscriptions de Sylla, la vie semble précaire; il faut se hâter d'en jouir. « Vivons et aimons, dit Catulle. Les soleils peuvent mourir et renaître, mais nous, quand notre courte lumière est une fois éteinte, il nous faut dormir une nuit sans réveil. » Le temps n'est plus où la matrone romaine gardait la maison et filait de la laine. Elle court les aventures, intrigue, se donne ou se vend. La galanterie grecque et la volupté orientale ont gagné Rome où elles se sont transformées en sen-

sualisme grossier. La multiplicité des di-
vorces a détruit la sainteté de la famille ;
l'amour du luxe, l'ambition ; les passions
éveillées et surexcitées ont ruiné l'honneur
du foyer. Ce sont les premières d'entre les
patriciennes qui sont les plus ardentes dans
cette course à l'adultère. Ce sont Valéria,
sœur d'Hortensius, Sempronia, femme de
Junius Brutus, Clodia, femme de Lucullus,
et l'autre Clodia, femme de Quintus Métel-
lus Celer. C'est encore Junie, la femme de
Lépide ; c'est Posthumia, la femme de Sul-
picius ; c'est Lollia, la femme de Gabinius ;
c'est Tertulla, la femme de Crassus ; c'est
Mucia, la femme du grand Pompée ; c'est
Servilia, la mère de Brutus.

Dans cette ville de l'adultère et de la
prostitution, on ne pouvait donc s'offusquer
que César trompât sa femme avec une maîtresse ou même avec plusieurs. Mais au milieu
de ses débauches et tout en perdant nombre
de ses antiques vertus, Rome avait gardé
l'orgueil du nom romain. Ces vainqueurs
du monde regardaient les autres peuples

comme de race servile et d'humanité inférieure. On ne s'était pas inquiété des passagères amours de César avec Eunoé, reine
de Mauritanie, et l'on n'aurait pas trouvé
plus mauvais que Cléopâtre lui eût servi à
occuper ses loisirs pendant la guerre d'A-
lexandrie. Mais en faisant venir cette femme
dans la ville aux sept collines, en la reconnaissant publiquement comme sa maîtresse,
en imposant à tous les yeux le spectacle
inouï d'un citoyen romain, cinq fois consul
et trois fois dictateur, amant d'une Égyptienne, il semblait, selon les idées du temps,
que César outrageât Rome[1]. Qu'on s'ima-
gine, a dit justement Merivale, l'effet qu'eût
produit, au xve siècle, le mariage d'un pair
d'Angleterre ou d'un grand d'Espagne avec
une juive, et l'on aura l'idée de l'impression
faite sur les Romains par la liaison de César
et de Cléopâtre[2].

César avait reçu le pouvoir souverain et
l'apothéose. Il était dictateur pour dix ans

1. Dion, XLIII, 27.
2. Merivale, *The Romans under the Empire*, II, p. 345.

et, dans la Ville, sa statue portait cette inscription : *Cæsari semideo*, — à César demi-
dieu. Il pouvait se croire assez puissant
pour mépriser les préjugés romains. Au
reste, dans les deux dernières années de sa
vie, César, jusque-là si prudent, si attentif
à ménager les sentiments de la plèbe, si
habile à les faire servir à ses desseins, affectait dans sa vie publique de mépriser et
de braver l'opinion. Il en était de même
dans sa vie privée. Loin d'éloigner Cléopâtre,
il multipliait ses visites à la villa du Tibre,
parlait sans cesse de la reine, souffrait
qu'elle donnât publiquement à son fils le
nom de Césarion [1].

Il fit plus encore. Il érigea dans le temple
de Vénus la statue d'or de Cléopâtre.
A l'outrage au Peuple romain, s'ajoutait
l'outrage aux Dieux de Rome. Ce n'était
pas assez que César, pour l'amour de Cléopâtre, n'eût pas fait l'Égypte province romaine, ce n'était pas assez qu'il eût installé

1. Suétone, *Cæsar*, III ; Dion, XLIII, 27.

cette étrangère à Rome, dans sa villa des
bords du Tibre et qu'il lui prodiguât indé-
cemment les marques d'honneur et les témoignages d'amour. Maintenant, il consacrait dans
le temple d'une divinité nationale la statue
de cette prostituée d'Alexandrie, reine barbare du pays des magiciens, des thauma-
turges, des eunuques, et des serviles riverains
du Nil, adorateurs d'oiseaux empaillés et de
dieux à têtes d'animaux. On se demandait
où s'arrêterait la démence de César. Le
bruit courait que le dictateur s'occupait
de faire présenter, par le tribun Helvius
Cinna, une loi qui lui permît d'épouser
autant de femmes qu'il voudrait afin d'en
avoir des enfants. On disait qu'il allait
reconnaître pour son héritier le fils de
Cléopâtre. On disait encore qu'après avoir
épuisé l'Italie par les levées d'hommes et les
contributions, César laisserait le gouvernement de Rome à ses créatures et transfére-
rait le siège de l'empire à Alexandrie[1]. Ces

1. Suétone, *Cæsar*, LII, LXXIX ; Dion, XLIII, 27. Cf. Appien, II 106-108.

rumeurs animaient contre César, et, à en croire Dion, elles contribuèrent à mettre le poignard aux mains de ses assassins. S'il en fut ainsi, Cléopâtre aurait été aussi fatale à César qu'elle devait l'être plus tard à Antoine.

Malgré cette hostilité, Cléopâtre ne vivait pas abandonnée dans la villa Transtibérine. Pour plaire au divin Jules, pour l'approcher en une plus complète intimité, les césariens maîtrisaient leur antipathie et fréquentaient chez la belle reine. A cette cour d'Égypte, transportée sur les bords du Tibre, venaient Marc-Antoine, Dolabella, Lépide, alors général de la cavalerie, Oppius Curion, Cornélius Balbus, Helvius Cinna, Matius, le préteur Vendidius, Trébonius. A côté des partisans de César, il y avait aussi quelques-uns de ses ennemis cachés, comme Atticus, grand marchand d'argent qui avait des intérêts en Égypte, et quelques-uns de ses ennemis ralliés, comme Cicéron. Tout en faisant sa paix avec César, celui-ci n'oubliait pas sa passion favorite : l'amour des livres et des curiosités. L'insatiable collectionneur pensa à enrichir, sans bourse délier, sa bibliothèque de Tusculum. Il demanda à Cléopâtre de lui faire venir d'Alexandrie, où abondaient ces trésors, quelques manuscrits grecs et quelques antiquités égyptiennes. La reine le lui promit volontiers, et l'un de ses officiers, Ammonius, qui jadis ambassadeur de Ptolémée Aulète à Rome, y avait connu Cicéron, se chargea de la commission. Mais soit oubli, soit négligence, l'envoi promis n'arriva pas. Cicéron en garda une rancune si profonde à Cléopâtre qu'il écrivit plus tard à Atticus : « Je hais la reine *(odi reginam)* », donnant pour raison de cette aversion l'inexécution de la promesse royale. L'ancien consul avait eu aussi à subir une grossièreté de Sarapion, un des officiers de Cléopâtre. Cet homme était entré chez lui, et comme Cicéron demandait ce qu'il désirait, il avait répondu brusquement : « — Je cherche Atticus, » et était parti aussitôt[1].

---

1. Cicéron, *Ad Atticum*, XIV, 8, 20; XV, 15.

Combien de fois les mauvais procédés de la haute domesticité indisposent contre les grands !

Le meurtre de César, qui frappa Cléopâtre comme un coup de foudre, eût été la chute de toutes ses espérances, si à vingt-cinq ans on pouvait perdre l'espérance. César mort, rien ne la retenait plus à Rome, et elle ne se sentait pas en sûreté dans cette ville hostile, au milieu des scènes sanglantes des jours parricides. Elle fit ses préparatifs de départ. Mais Antoine ayant eu un instant la velléité d'opposer à Octave, comme héritier de César, le petit Césarion, Cléopâtre demeura à Rome jusqu'au milieu du mois d'avril[1]. Quand la reine vit ce projet définitivement abandonné, elle s'empressa de quitter cette ville où elle avait trouvé le mépris et dont elle partait avec la rage au cœur.

1. Cf. Cicéron, *Ad Atticum*, XIV, 8, 90 ; Suétone, *Cæsar*, LII.

I V

Cléopâtre rentra à Alexandrie sans opposition. Mais la guerre civile imminente
entre les césariens et les républicains ren-
dait sa situation difficile et sa royauté précaire. Alliée du peuple romain, elle ne
pouvait rester neutre dans cette lutte, sous
peine de voir les vainqueurs, quels qu'ils
fussent, la punir de son abandon par l'an-
nexion de l'Égypte à l'empire. La reine
penchait pour les triumvirs. C'était des partisans de César qu'elle avait reçu à Rome le

moins mauvais accueil, et Antoine, par politique, il est vrai, plutôt que par amitié, avait parlé en faveur de son fils. D'un autre côté, si les triumvirs avaient l'Occident, leurs adversaires étaient à peu près les maîtres de l'Orient. Ils menaçaient immédiatement l'Égypte. Au début des hostilités, Cassius, qui occupait la Syrie avec huit légions, manda à Cléopâtre de lui envoyer des renforts. Presque en même temps, un des lieutenants d'Antoine, Dolabella, assiégé dans Laodicée, adressa la même demande à la reine d'Égypte.

Cassius était quasi victorieux; Dolabella était fort compromis. La prudence commandait de prendre parti pour le premier. Cléopâtre, néanmoins, resta fidèle à son alliance tacite avec les césariens. Quatre légions romaines, deux laissées par César et deux formées des anciens soldats de Gabinius, cantonnaient à Alexandrie. La reine donna l'ordre qu'elles partissent pour Laodicée. Mais l'envoyé de Dolabella, Alliénus, qui avait pris le commandement de ces troupes, tomba en Syrie au milieu de l'armée de Cassius. Soit pusillanimité, soit trahison préméditée, Alliénus réunit ses légions à celles de l'ennemi contre lequel il les amenait. Seule une escadre égyptienne, que Cléopâtre avait aussi envoyée à Laodicée, arriva au lieutenant d'Antoine [1].

Peu de temps après le départ des légions, en 43, le jeune roi Ptolémée mourut subitement. On a accusé Cléopâtre de l'avoir fait empoisonner [2]. Ce crime, qui est loin d'être certain, n'a rien d'invraisemblable. Il est possible qu'au moment où, par l'absence des soldats romains, Cléopâtre se trouvait sans troupe sûre, elle redoutât quelque conspiration de palais ou quelque émeute qui la chassât du trône pour y placer son frère. Six ans auparavant, le même fait s'était produit au profit de son autre frère, et Cléopâtre avait bien failli en être victime. Dès

1. Cf. Appien, *De Bello civili*, IV, 61, 74 ; Dion, XLVII, 26-31.
2. Porphyre, *Fragm. Historic. Græc.*, III, p. 724.

la mort de Ptolémée XIII, la reine associa
au trône son jeune fils Ptolémée-Césarion,
alors âgé de quatre ans [1].

Il y avait en station à Cypre une escadre égyptienne. Cassius fit passer direc-
tement l'ordre au navarque Sarapion, qui
la commandait, de rallier la flotte républicaine. Celui-ci obéit sans même en référer à
sa souveraine. Non content des quatre
légions et de l'escadre qu'il avait reçue de
Cléopâtre, bien malgré elle, il est vrai, Cassius lui manda de lui envoyer de nouveaux secours en hommes, en vaisseaux,
en vivres et en argent. La reine, qui craignait une invasion et qui se trouvait presque sans armée pour la repousser, chercha
à temporiser. Elle fit exprimer à Cassius
ses regrets de ne pouvoir lui prêter aide
dans l'instant, l'Égypte étant ruinée par
la famine et la peste. La disette y régnait,
en effet, à cause d'une crue insuffisante du
Nil. Mais l'Égypte n'était pas ruinée pour

---

1. Stèle de Turin.

cela, et pendant que Cléopâtre se dérobait
aux demandes de Cassius, elle faisait armer
une nouvelle flotte pour seconder les triumvirs. Cassius ne se laissa pas abuser par la
diplomatie de l'envoyé de Cléopâtre. Il résolut d'envahir l'Égypte. Déjà il avait mis ses
troupes en marche, lorsque Brutus, à l'approche de l'armée d'Antoine, l'appela en
Macédoine. Cléopâtre envoya alors sa flotte
aux césariens, mais dans la route, cette
flotte fut dispersée et presque entièrement
détruite par la tempête[1]. Au cours de
cette guerre, la mauvaise fortune poursuivait Cléopâtre. Avec l'entière volonté de
seconder les triumvirs, elle n'avait pu leur
être presque d'aucune aide, et elle avait,
au contraire, fourni des renforts aux républicains, qui, sachant bien que ces renforts
leur étaient venus contre son gré, voulaient tirer vengeance de sa conduite.

La bataille de Philippes délivra Cléopâtre
de ses inquiétudes du côté des républicains;

1. Appien, IV, 59, 61, 63.

mais elle avait à craindre que les triumvirs
ne la punissent de son apparent abandon
Après sa victoire sur Brutus, Antoine par-
courut la Grèce et l'Asie Mineure pour y
lever des tributs. Partout il fut reçu en
maître. Cités et rois rivalisaient d'adulations,
accumulaient les honneurs, prodiguaient les
présents pour se faire pardonner les secours,
que, de gré ou de force, ils avaient donné
au parti vaincu. A Athènes, à Mégares, à
Éphèse, à Magnésie, à Tarse se succédaient
les ambassades et les visites royales. Pour
conserver à leur royaume une quasi-auto-
nomie, tous les petits souverains d'Asie
s'empressaient d'obtenir du puissant triumvir une investiture nouvelle [1]. Seule Cléopâtre, soit orgueil de reine, soit calcul de
femme, restait en Égypte et n'envoyait pas
d'ambassade. Il semblait qu'elle affectât
d'ignorer que la victoire de Philippes eût
fait d'Antoine le maître de l'Orient.

Le silence de Cléopâtre étonna et irrita

---

1. Plutarque, *Anton.*, XXIII-XXIV; Dion, XLVIII, 2.

Antoine. L'orgueil froissé ne parlait peut-
être pas seul dans l'âme du triumvir. Lorsqu'il commandait la cavalerie de Gabinius,
il avait vu Cléopâtre, alors âgée de quinze
ans; il l'avait revue à Rome l'année de la
mort de César. Sans croire, avec Appien [1],
qu'Antoine fût déjà épris de la reine d'É-
gypte, on peut penser que sa beauté et son
charme avaient fait une profonde impression sur lui. Il se souvenait de la Sirène du
Nil, et parmi les visites de tant de rois et
de dynastes, c'était la sienne qu'il attendait surtout. Il l'attendait en vain. Mais
dans la situation d'Antoine, il suffisait de
parler pour être obéi. Il manda à Cléopâtre
de venir à Tarse pour s'y justifier à son tribunal de sa conduite ambiguë pendant la
guerre civile. Antoine savourait d'avance ce
plaisir délicieusement cruel : la belle Cléopâtre, l'altière reine d'Égypte, la femme aux
pieds de laquelle il avait vu le divin Jules,
se présentant devant lui en suppliante.

1. *De Bello civili*, V, 8.

Quintus Dellius, un des familiers d'Antoine, fut chargé de porter le message à Cléopâtre. Ce Dellius, intrigant sans scrupule et
débauché aimable, avait tour à tour trahi
tous les hommes et tous les partis. On l'appelait le coureur des guerres civiles : *Desultor
bellorum civilium*. Il devait mourir ami
d'Horace qui lui dédia une ode, et ami
d'Auguste qui l'enrichit. En attendant, il
allait se servir de Cléopâtre pour entrer
plus avant dans la faveur d'Antoine. A la
première audience que lui donna la belle
reine, il comprit la passion de César et
pressentit celle d'Antoine. Assuré que
Cléopâtre n'avait qu'à apparaître pour cap-
tiver le triumvir, il vit tout de suite le parti
à tirer de la protection de l'Égyptienne dans
un avenir très proche. D'envoyé d'Antoine,
il se fit soudain courtisan de Cléopâtre, et
d'ambassadeur, entremetteur. Il exhorta la
reine à aller bien vite en Cilicie, l'assurant
que malgré son aspect et ses façons de gladia-
teur, le rude soldat de Pharsale et de Philippes n'était pas si farouche qu'il en avait

l'air. « Jamais, dit-il, Antoine ne fera pleurer
d'aussi beaux yeux, et loin de te causer la
moindre peine, il comblera tous tes désirs. »
Dellius persuada facilement Cléopâtre. Elle
voyait luire dans ses paroles l'aurore
d'une fortune nouvelle, égale à celle qu'elle
avait rêvée comme maîtresse de César.
D'après une tradition peu certaine, Dellius
aurait même réussi à plus qu'à se faire
écouter de Cléopâtre : il se serait fait aimer
d'elle [1]. Quoi qu'il en soit, la reine, docile
à ses conseils, résolut de partir pour
Tarse. Mais afin de donner plus de prix à
cette démarche et de la rendre plus décisive,
elle se garda de la précipiter. Sous divers
prétextes, elle différa assez longtemps son
départ, malgré les prières de Dellius et les
messages de plus en plus pressants envoyés
par Antoine [2].

Un jour que le triumvir, assis sur son
tribunal, donnait audience publique au milieu de l'agora de Tarse, une grande ru-

1. Voir l'appendice V.
2. Plutarque, *Anton.*, XXVI, XXVII. Cf. Dion, XLVIII, 24.

meur éclata au bord du Cydnus. Antoine
s'informe. Flatteurs comme des Grecs, les
Ciliciens disent que c'est Aphrodite elle-même
qui, pour le bonheur de l'Asie, vient faire
visite à Bacchus, — Antoine aimait à prendre
le nom de Bacchus. — La foule, qui se pressait sur la place publique, l'abandonne
en masse pour courir sur le rivage. Antoine se trouve seul, avec ses licteurs, au milieu de l'agora déserte. Sa grandeur l'y
retient ; il s'agite sur sa chaise curule ; enfin
la curiosité l'emporte. Peu accoutumé à se
maîtriser, il dévale à son tour vers la grève.
Le spectacle vaut qu'on y vienne. C'est une
vision divine qui reporte chacun à l'aube
des temps mythologiques. Cléopâtre entre à
Tarse, remontant le Cydnus sur un vaisseau
entièrement doré où flottent les voiles de
pourpre. Les avirons d'argent s'abaissent et
s'élèvent en cadence, au son des lyres grecques et des sambuques d'Égypte. La reine,
la déesse, Cléopâtre, couchée sous un velum
tissu d'or, qui abrite le pont, apparaît telle
que les peintres ont coutume de représenter

Aphrodite — κεκοσμήνη γραφικῶς ὥσπερ Ἀφροδίτη.
Autour d'elle, des enfants nus comme des
Amours, de belles jeunes filles à demi vê-
tues, pareilles aux Grâces et aux Nymphes
de la mer, tiennent des guirlandes de roses
et de fleurs de lotos et agitent de grands
éventails de plumes d'ibis. A l'avant du
navire, d'autres Néréides forment des groupes dignes du pinceau d'Apelle. Des Amours
suspendus aux vergues et aux cordages
semblent descendre du ciel. L'encens et le
nard indien, brûlés par les esclaves, environnent le vaisseau d'une vapeur légère
et odorante qui répand son parfum sur les
deux rives du fleuve[1].

Antoine dépêcha incontinent un de ses
familiers à Cléopâtre pour la prier de souper le soir même avec lui. Cléopâtre, se
prévalant sans doute de son titre de déesse
plutôt que de celui de reine — une reine
d'Égypte comptait peu vis-à-vis d'un triumvir — répondit que c'était elle qui conviait

1. Plutarque, *Anton.*, XXVII. Cf. Dion, XLVII, 24.

Antoine à souper. Le Romain n'eut garde
de décliner l'invitation. Il se rendit à l'heure
convenue dans le palais que Cléopâtre avait
fait préparer en secret, depuis quelques jours,
et qui était d'une magnificence extrême. La
salle du festin, somptueusement ornée, res-
plendissait à l'éclat des lustres, des torchères
et de la multitude innombrable des appliques,
disposées symétriquement en cercles et en lo-
sanges. Le repas, digne du décor, abondait
en vins nectaréens, servis dans des cratères
d'or massif, et en mets rares et compliqués,
accommodés par un maître. Antoine, grand
gourmand, qui, trois mois auparavant, avait
donné pour un bon plat une maison à son
cuisinier, aurait donné une ville entière au
cuisinier de Cléopâtre. Quant à la belle
Égyptienne, le triumvir était déjà prêt à lui
donner le monde. Le lendemain, Antoine
rendit son souper à la reine. Il se flattait
de surpasser, à force d'argent, la magnificence de sa réception. Mais, tout le premier,
il reconnut son impuissance à lutter comme
amphitryon, et, en homme d'esprit qui l

7

était [1], il railla gaiement devant Cléopâtre sa mesquinerie et son goût grossier. Vraisemblablement, pendant ces deux repas, il fut peu question des griefs réels ou prétendus que Rome avait contre Cléopâtre. Antoine ne pensait plus à faire venir la reine d'Égypte devant son tribunal, dans l'attitude d'une suppliante. Le suppliant aurait été Antoine lui-même, si Cléopâtre eût voulu se refuser à lui. Désormais, c'était la reine qui commandait. Le tout-puissant triumvir était devenu « l'esclave de l'Égyptienne », selon l'expression indignée de Dion Cassius [2].

Cléopâtre profita d'abord de son pouvoir pour faire reconnaître le fils qu'elle avait eu de César, Ptolémée-Césarion, comme héritier

---

1. Il ne faut pas juger Antoine uniquement sur les attaques passionnées de Cicéron. Plutarque cite de cet intrépide et excellent homme de guerre nombre de spirituelles reparties ; et dans un autre ordre d'idées, sa lettre à Octave et à Hirtius, dont on trouve de longs fragments dans la *Troisième Philippique*, est l'œuvre d'un habile politique en même temps qu'un modèle de raillerie.

2. Plutarque, *Anton.*, XVIII; Dion, XLVIII, 24. Cf. Appien, V, 1, 8, 9.

légitime de la couronne d'Égypte. Le décret
d'Antoine fut, à sa demande, aussitôt ratifié
par ses collègues, Octave et Lépide. Antoine
donnait comme prétexte à cette faveur les
services rendus aux Romains par Cléopâtre
pendant la guerre civile. Après avoir satis-
fait l'ambition de l'Égyptienne, Antoine se
fit sans plus de difficulté l'exécuteur de ses
vengeances. Comme la plupart des femmes,
la belle reine était vindicative et, comme
naguère Denys le Tyran, elle poussait la
prudence jusqu'au crime. Sa sœur Arsinoé
s'était évadée de Rome, où elle avait figuré
dans le triomphe de César; elle habitait alors
Milet. Cléopâtre, soit qu'elle craignît que,
ambitieuse et intrigante comme elle s'était
déjà dévoilée lors de la guerre d'Alexandrie,
cette femme ne suscitât un jour quelque
trouble en Égypte, ou soit tout simplement
pour se venger de sa conduite passée, demanda à Antoine de la faire tuer. Un crime
de plus ou de moins pesait peu à la con-
science du proscripteur de l'an 711. La
malheureuse Arsinoé fut égorgée dans le

temple d'Artémis Leucophryne, où elle
s'était réfugiée pour échapper aux sicaires
d'Antoine. Un Égyptien, réfugié en Asie
Mineure, qui se faisait passer pour Ptolémée XII, noyé comme on sait dans le Nil,
fut également supplicié. Cléopâtre en
voulait enfin, on ne sait pour quelle cause,
au Mégabyse du grand temple d'Éphèse.
Antoine l'avait fait arrêter. Il ne dut la vie
qu'à l'intervention des magistrats de la cité,
parlant au nom du peuple ameuté pour le
délivrer. Dans le même temps, Sarapion,
l'ancien commandant de l'escadre égyptienne
de Cypre, eut la tête tranchée par les ordres
d'Antoine. Ce supplice vengeait Cléopâtre de
la défection du navarque et vengeait Antoine
des secours qu'il avait donnés à Cassius [1].

Lorsque Cléopâtre arriva à Tarse, dans
l'été de 41, Antoine se préparait à marcher contre les Parthes. Au bout d'un
mois la concentration des troupes était

1. Cf. Appien, V, 9 ; Josèphe, XV, 4 ; Dion, XLVII, 31 ;
XLVIII, 24.

opérée, les convois étaient prêts. Rien ne retardait plus le départ de l'armée. Mais ce mois, Antoine l'avait passé avec Cléopâtre, et il l'avait trouvé bien court. N'écoutant que sa passion, il ajourna l'expédition au printemps et suivit la reine en Égypte[1].

Alors commença cette folle vie de plaisirs et de débauches, cette longue et somptueuse orgie qui, au troisième siècle de notre ère, après les Néron et les Héliogabale, était encore citée dans le monde romain, cependant asservi à toutes les corruptions et blasé sur toutes les magnificences, comme un modèle inimitable. Οἱ Ἀμιμητόϐιοι : *ceux dont la vie est inimitable*, c'était là, d'ailleurs, le nom qu'avaient pris Cléopâtre et Antoine et les familiers associés à leurs plaisirs[2]. Plutarque et Dion rapportent que les fêtes suc-

1. Plutarque, *Anton.*, XXVIII ; Dion, XLVIII, 24 ; Appien, V, 11.

2. Plutarque, *Anton.*, XXVIII.
Une curieuse inscription, découverte à Alexandrie par M. C. Vescher, porte : Ἀντώνιον μέγαν ἀμίμητον..., Antoine le Grand, l'Inimitable... (*Bolletino dell Instituto di Correspondenza Archeologica di Roma*, septembre 1866.)

cédaient aux fêtes, les festins aux festins,
les parties de chasse aux promenades sur le
Nil. Cléopâtre ne quittait Antoine ni jour ni
nuit. Elle buvait avec lui, elle jouait avec
lui, elle chassait avec lui, elle assistait avec
lui aux exercices militaires quand par ha-
sard cet homme de guerre, se rappelant
qu'il était soldat, pensait à faire manœuvrer
ses légions. Cléopâtre, disent-ils encore, in-
ventait sans cesse quelque nouveau divertissement, quelque plaisir imprévu. Mais cette
nomenclature est bien concise, cette ébauche
de description est bien timide et bien inco-
lore pour retracer les grandioses orgies, les
voluptés effrénées et les prodigalités sans
nom des Inimitables. Seul des Anciens, Pline
les a résumées, peut-être à son insu, par la
légende plus ou moins symbolique de la
perle. Un jour, conte Pline, Antoine, s'extasiant sur le luxe et la profusion d'un festin,
s'écria qu'aucun autre ne pourrait le surpasser. Cléopâtre, qui prétendait toujours
reculer les limites du possible, riposta que
ce repas était misérable et paria que le

lendemain, elle en donnerait un où elle
dépenserait dix millions de sesterces (deux
millions cent mille francs). Antoine tint le
pari. Le jour suivant, le festin, pour magnifique qu'il fût, n'avait rien qui le distinguât
du précédent. Antoine avait beau jeu à rail-
ler Cléopâtre. « — Par Bacchus, s'écrie-t-il,
» il n'y en a pas là pour dix millions de
» sesterces ! — Je le sais, répond la reine,
» mais ce que tu vois n'est qu'accessoire.
» C'est moi seule qui boirai les dix mil-
» lions. » Aussitôt Cléopâtre détache de ses
oreilles une de ses perles, — les plus grosses
et les plus parfaites que l'on eût jamais
vues, — la jette au fond d'une coupe d'or
où elle se dissout dans le vinaigre qui y était
préparé, et boit d'un seul trait l'acide breu-
vage. Elle allait sacrifier la seconde perle,
lorsque L. Plancus, juge du pari, arrêta son
mouvement en déclarant qu'elle avait gagné[1].

1. Pline, IX, 35; Macrobe, II, 13. — La légende n'est
peut-être pas aussi symbolique qu'elle paraît. Pline conte
qu'Octave ayant trouvé la seconde perle dans le trésor de
Cléopâtre, la fit scier en deux et en orna les oreilles de la
Vénus du Panthéon.

Accumulez par la pensée les plus précieux matériaux, les marbres, les brèches,
les granits, le bois de cèdre et d'ébène, le
porphyre, le basalte, l'agate, l'onyx, le
lapis, le bronze, l'argent, l'ivoire et l'or.
Inspirez-vous de la puissante architecture
égyptienne et de la belle architecture grecque, pensez au Parthénon et au temple de
Zeus Olympien, au pavillon de Rhamsès et
aux ruines d'Apollinopolis Magna. Relevez
les palais royaux d'Alexandrie, qui, avec
leurs dépendances, leurs jardins, leurs terrasses à étages superposés, occupent un tiers
de la ville. Reconstruisez ces enceintes mas-
sives, ces doubles pylônes où aboutissent
des avenues bordées de sphinx, ces obélisques, ces superbes propylées, ces salles
hypostyles, larges de quatre-vingts coudées,
longues de quarante, où s'élève une double
rangée de colonnes qui ont dix mètres de
circonférence et vingt mètres de hauteur et
qui s'épanouissent en fleurs de lotos; ces
sanctuaires aux parois lamées d'écaille et d'or
et constellées de gemmes; ces longues pina-

cothèques, garnies des tableaux de Zeuxis,
d'Apelles et de Protogène ; ces thermes
magnifiques, avec leurs chambres de suda-
tion, leurs piscines d'eau chaude et d'eau
froide, leurs exèdres de porphyre rouge,
leurs portiques décorés de statues; ces gym-
nases, ces théâtres, ces hippodromes, ces
stades sablés de poudre de safran ; ces tri-
cliniums où les lits d'argent ciselé reposent
sur les tapis de Babylone, ces atriums, dont
le toit hypaèthre, soutenu par des colonnes
corinthiennes à chapiteaux de bronze doré,
s'ombrage, le jour, de velariums de pourpre,
dont la soie vaut son pesant d'or, et s'ouvre
la nuit sur le ciel plein d'étoiles. Faites
éclore, en toute saison, dans les jardins
les roses et les violettes, et jonchez de fleurs
fraîches, quatre fois par jour, les pavages
d'onyx et de mosaïques. Peuplez ce décor
d'un monde d'esclaves, d'aulétrides, de psal-
téristes, de joueuses de sambuques, de danseuses, d'atellanes, d'acrobates, de mimes,
de gymnastes, de ballerines et de charmeurs
de serpents. Surchargez ces tables d'huîtres

7.

de Tarente, de murènes au garum, de
bonites cuites sur des feuilles de figuier,
de merles roses, de cailles, de faisans, de
cygnes, de foies de canards, de bouillies
de cervelles d'oiseaux, de lièvres saignants
saupoudrés de coriandre, de truffes grosses
comme le poing, qui passaient pour tombées
du ciel, ainsi que des aérolithes, de gâ-
teaux de miel et de fleur de farine et des
plus beaux fruits du bassin méditerranéen.
Que dans les cuisines, au feu d'immenses
foyers, rôtissent, pour quinze convives,
douze sangliers, embrochés successivement
à trois minutes d'intervalle, afin que, selon
la durée du repas, il y ait un de ces animaux cuit tout juste à point au moment
où il le faudra servir. Rafraîchissez dans la
neige le vieux cécube, le falerne de vingt
ans, les vins de Phlionte, de Chio, d'Issa,
le vin capiteux de Lesbos, le vin cuit de
Rhodes, le vin sucré de Mitylène, le saprias
qui sent la violette et le thasos « qui éveille
l'amour endormi ». Allumez les flambeaux,
les torches et les lustres, enroulez autour

des colonnes les rubans de feu. Faites jaillir
des bouches de bronze des colosses l'eau
glacée qui rafraîchit l'atmosphère et des
mamelles des Isis l'eau odorante qui la
parfume. Appelez les chœurs de chanteuses
qui s'accompagnent sur la cythare et la
harpe et les troupes de saltatrices qui dan-
sent nues, avec des crotales d'or aux mains.
Multipliez les représentations des comédiens, les farces des mimes, les exercices
des jongleurs, les fantasmagories des magiciens. Donnez des naumachies dans le grand
port et dans l'hippodrome des courses de
quadriges et des combats de lions. Évoquez
les mascarades et les cortèges où figurent
autour des chars d'or de Bacchus et de
Cypris quinze cents satyres, un millier d'a-
mours et huit cents belles esclaves costu-
mées en nymphes et en mimallones[1]. Enfin
imaginez tout ce que la pompe asiatique,
la grandeur égyptienne, la délicatesse et la

---

1. Lucain, X, v. 120-180; Pétrone, Aulu-Gelle et Athénée,
passim.

dépravation grecques, la force et la licence romaines, réunies dans une seule femme, sensuelle et magnifique, affolées de jouissances et de somptuosités, peuvent faire avec de pareils éléments, et vous aurez l'idée, bien faible et bien vague encore, de la Vie inimitable.

Parfois Antoine et Cléopâtre se donnaient des plaisirs plus vulgaires. Déguisés, elle en servante de taverne, lui en portefaix ou en matelot, ils couraient pendant la nuit les rues d'Alexandrie, frappant aux portes, injuriant les passants attardés, entrant dans les bouges, se querellant avec les ivrognes. A la grande joie d'Antoine, ces équipées se terminaient généralement par des pugilats. Malgré sa force et son adresse, le Romain n'y avait pas toujours le dessus, et Cléopâtre attrapait bien quelques éclaboussures. Mais vainqueurs ou bâtonnés, les deux amants rentraient joyeux au palais, tout prêts à recommencer ces aventureuses expéditions. Le secret s'en répandit et, dès lors, on ménagea da-

vantage le couple royal, sans cependant lui
épargner tout a fait les coups[1].

Ces folies n'indisposaient point les Alexandrins contre le triumvir autant qu'on le
pourrait croire. S'ils ne l'estimaient guère,
ils l'aimaient assez à cause de son accueil
facile et de sa bonne humeur. « Antoine,
se plaisaient-ils à dire, porte pour les Romains un masque tragique, mais il le quitte
ici et prend pour nous le masque de la
comédie[2]. » Les familiers et les capitaines
d'Antoine, qui partageaient sans scrupule
cette existence voluptueuse et effrénée, pensaient moins encore que les Alexandrins à
s'en indigner. Comme Antoine lui-même,

1. Plutarque, *Anton.*, XXX. — Une autre historiette, rapportée aussi par Plutarque, nous apprend qu'Antoine se dé-
lassait des excès de la vie inimitable par des plaisirs plus
tranquilles, comme la pêche à la ligne. Fort glorieux même
dans les plus petites choses et humilié de ne rien prendre,
il s'avisa de faire attacher sous l'eau, par un plongeur, des
poissons à son hameçon. Le stratagème n'échappa pas à
Cléopâtre. Le lendemain, elle fit attacher à l'hameçon un
poisson salé que le triumvir retira gravement de l'eau, au
milieu des éclats de rire. Du coup, Antoine renonça à la
pêche.

2. Plutarque, *Anton.*, XXX.

ils étaient sous le charme ensorcelant de
Cléopâtre. Ils l'aimaient, l'admiraient, souf-
fraient de bonne grâce ses sarcasmes et ses
rebuffades, et n'avaient même pas une révolte si, au milieu du repas, à un signe
d'Antoine, elle quittait la salle avec lui et
revenait après quelques instants reprendre
sa place sur le lit tricliniaire. Ils s'ingé-
niaient à lui plaire et à la divertir. C'était
à qui se montrerait le plus vil complaisant
de la reine, *humilillimus assentator reginæ*.
Pour un sourire de Cléopâtre, ils perdaient
toute dignité. Un jour, L. Plancus, personnage consulaire, la tête couronnée de
roseaux, une queue de poisson attachée
aux reins et le corps nu peint de couleur
bleue, dansa devant elle la danse de
Glaukos [1].

Avec César, Cléopâtre avait joué d'ins-
tinct le rôle d'une Aspasie couronnée, char-
meresse toujours, mais alliant la dignité à

1. Velléius Paterculus, II, 83; Plutarque, *Anton.*, LXIV :
Dion, L, 5.

la grâce, cachant la courtisane sous la reine,
chaque jour d'humeur égale, s'exprimant
en termes choisis, causant politique, art,
littérature, élevant sans effort ses merveil-
leuses facultés au niveau de l'intelligence
suprême du dictateur. Avec Antoine, Cléopâtre, d'abord par calcul, ensuite par amour,
joua le rôle d'une Laïs née fortuitement sur
un trône. Voyant bien que les façons d'Antoine étaient grossières et brutales, qu'il avait
la plaisanterie triviale et la parole fort libre,
elle se mit tout de suite au même diapason.
Elle tenait tête à ce grand buveur, restant
jusqu'au matin devant les cratères écumants
et les coupes que l'on remplissait sans cesse.
Elle l'accompagnait la nuit dans les rues
suspectes de Rhakotis, le vieux quartier
d'Alexandrie. Elle plaisantait en termes cy-
niques, chantait des chansons érotiques,
récitait des priapées. Elle se querellait avec
son amant, provoquant et rendant les injures et les coups. Rien ne plaisait tant à
Antoine que de voir cette ravissante petite
main le menacer et le battre, et de retrou-

ver dans cette bouche divine, faite pour
la musique des chœurs de Sophocle ou des
ódes de Sappho, les mots qu'il avait en-
tendus dans les corps de garde de la porte
Esquiline et dans les bouges innommables
de Suburre [1].

1. Cf. Plutarque, XXVIII, XXX.

VI

Dans l'hiver de l'année 39, les événements
de la guerre de Pérouse rappelèrent Antoine
en Italie. Sa femme, Fulvie, avait fomenté
cette guerre par ambition, par ressentiment
contre Octave, et aussi, dit Plutarque, par
jalousie. Elle espérait que ces troubles for-
ceraient Antoine à quitter Cléopâtre pour
venir défendre à Rome son pouvoir menacé.
Fulvie avait trop bien réussi. Antoine, il
est vrai, cinglait vers Brindes avec deux
cents voiles, mais Octave victorieux était tout-

puissant en Italie, ses adversaires étaient dispersés ou proscrits, elle-même avait pris la fuite et allait mourir sans revoir son mari. Antoine apprit sa mort dans une relâche qu'il fit en Sicile. Cet événement, au reste, facilitait la paix. Antoine n'avait pas trempé dans la guerre de Pérouse. C'était Fulvie seule, aidée de son beau-père Antonius, qui l'avait suscitée. Elle morte, un accommodement devenait possible entre Antoine et Octave. Coccéius Nerva, Pollion et Mécène leur ménagèrent une entrevue à Brindes. Ils se réconcilièrent et firent un nouveau partage de l'empire. Octave prit l'Occident jusqu'à l'Adriatique, Antoine eut l'Orient; Lépide dut se contenter des possessions romaines de l'Afrique.

A Rome, où après tant discordes et de sang versé, on désirait ardemment la paix, on fut heureux du traité de Brindes. Afin d'en assurer l'exécution, les amis des triumvirs pensèrent à les unir par des liens de famille. Ils mirent en avant l'idée d'un mariage entre Antoine, qui venait de perdre sa femme, et Octavie, sœur d'Octave et veuve de Marcellus. Cette noble femme, qui joignait à une grande beauté les plus rares qualités de l'esprit, ne pouvait manquer, pensaient-ils, de fixer l'amour d'Antoine ; elle maintiendrait ainsi l'harmonie entre les deux beaux-frères, au grand avantage de l'un et de l'autre et pour le bien de l'État. Octave agréa ce projet, et, malgré la passion qu'il conservait pour Cléopâtre, Antoine, en raison des avantages politiques de cette union, n'eut garde de la refuser. Les noces furent célébrées incontinent. La loi interdisait aux veuves de se remarier avant le dixième mois, mais le sénat accorda une dispense à la sœur d'Octave [1].

Antoine séjourna à Rome pendant presque toute cette année 39. Il y vivait en parfaite intelligence avec Octave et s'occupait avec lui du gouvernement de l'empire. Mais bien

---

1. Plutarque, *Anton.*, XXXI, XXXII ; Appien, V, 42-64 ; Dion, XXLVIII, 27-31.

qu'il eût part égale dans l'autorité et dans
les honneurs, il sentait qu'il n'était que le
second à Rome. Dans son légitime orgueil
de vieux soldat, d'habile homme de guerre,
lieutenant de César à Pharsale et général
en chef à Philippes, il se révoltait en pen-
sant à la suprématie, consentie par tous, de
cet adolescent qui venait de raser sa première barbe[1]. Un renommé devin d'Égypte,
que vraisemblablement Cléopâtre elle-même
avait envoyé à Rome, affermissait Antoine
dans ces idées par ses prédictions et ses ho-
roscopes. « Ton génie redoute celui d'Octave,
lui répétait-il. Fier et élevé quand il est seul,
il perd toute sa force quand tu te trouves
près d'Octave. Ici ton astre s'éclipse. C'est
loin de Rome, c'est en Orient qu'il rayonne
dans tout son éclat[2]. » Une nouvelle agres-
sion des Parthes donna à Antoine un prétexte pour quitter Rome. Il partit avec
Octavie et relâcha d'abord à Athènes. Il y

1. Dion, XLVIII, 44.
2. Plutarque, *Anton.*, XXXIV.

séjourna tout l'hiver de 39-38, oubliant là,
non seulement les Parthes que combattait
son lieutenant Ventidius, mais Alexandrie, la
« vie inimitable » et Cléopâtre[1]. Sans doute,
il n'aimait pas sa nouvelle épouse, la belle
Octavie, autant et de la même façon qu'il avait
aimé la reine d'Égypte, mais assurément il
l'aimait[2]. Aussi faible de volonté que vigou-
reux de corps, Antoine, esclave de la femme,
se laissait facilement dominer. Naguère, Fulvie l'avait asservi, plus tard Cléopâtre l'avait
ensorcelé, maintenant il était sous le charme
reposant d'Octavie.

A la fin de l'hiver, il partit pour une
courte expédition en Syrie contre Antiochus
de Commagène et revint peu de temps après
à Athènes où il passa deux années. En 36, un
nouveau différend s'étant élevé entre lui et
Octave, à l'occasion de la campagne navale
contre les pirates, dans laquelle il avait
refusé de le seconder, la guerre civile

1. Plutarque, *Anton.*, XXXIV; Dion, XLVIII, 39.
2. Antoine était épris d'Octavie, dit positivement Appien, V, 75.

parut de nouveau imminente. Antoine pré-
para une descente en Italie, avec trois cents
voiles; Octave, de son côté, réunit ses légions. Si le sang ne coulait pas encore,
les épées étaient à demi hors du fourreau.
Dans l'espoir d'empêcher cette guerre détes-
table, Octavie conjura Antoine de l'emmener avec lui en Italie. L'entrée du port de
Brindes ayant été refusée à la flotte d'Antoine, ses vaisseaux vinrent mouiller devant
Tarente. Octave prévenu menait à marches
forcées ses troupes vers cette ville. Octavie
voulut descendre seule à terre. Elle marcha
au-devant d'Octave sur la route de Venouse,
traversant les vedettes et les avant-gardes
romaines. Octavie aborda son frère, qu'ac-
compagnaient Aprippa et Mécène. Elle
plaida avec chaleur la cause d'Antoine, et
surtout conjura Octave de ne point souffrir
que de la plus fortunée des femmes elle
devînt la plus malheureuse. « — En ce
moment, dit-elle, le monde a les yeux
fixés sur moi, qui suis la femme d'un des
empereurs de Rome et la sœur de l'autre.

Si les conseils de la colère l'emportent, si la guerre se déclare, il est douteux à qui de vous deux le destin donnera la victoire; mais il est certain que, quelle qu'elle soit, je serai dans le deuil et la désolation. » L'ambitieux Octave convoitait déjà la domination universelle, mais c'était un temporisateur. Il céda aux prières d'Octavie. Pour la seconde fois, cette femme, qui était le bon génie d'Antoine, maintenait la paix dans le monde romain.

Les deux triumvirs se rencontrèrent sur le rivage de Tarente et après s'être prodigué les témoignages d'affection, ils convinrent de renouveler le triumvirat pour cinq ans. Octave donna à Antoine deux légions afin de renforcer son armée d'Orient, et Antoine céda à Octave pour sa flotte de la Méditerranée cent trirèmes à éperons d'airain et vingt liburnes. C'étaient ces navires qui devaient vaincre à Actium! De Tarente, Octavie revint seule à Rome avec les deux enfants qu'elle avait eus d'Antoine. Lui s'embarqua pour l'Asie Mineure, où l'ap-

pelait la guerre contre les Parthes. Les
deux époux étaient convenus de se retrouver, l'expédition terminée, soit à Athènes,
soit à Rome, où Antoine comptait recevoir
les honneurs du triomphe [1].

De l'hiver de 39 à l'été de 36, pendant
trois longues années, Cléopâtre resta ainsi
séparée d'Antoine. Elle régnait sur l'Égypte
et sur Cypre, elle avait un fils de César et
deux autres d'Antoine, elle possédait des
revenus immenses et des trésors inépuisables;
mais, dans son orgueil et dans son amour,
elle souffrait de l'abandon du triumvir.
Cléopâtre à vingt ans n'avait vraisemblablement pas aimé César qui en avait plus
de cinquante. Elle aimait Antoine. Certes,
elle s'était d'abord donnée au triumvir par
calcul, mais elle n'avait pas tardé à ressentir
pour ce rude guerrier, beau de la beauté
d'Hercule, maître de l'Orient, entouré de
tant de gloire et de tant de puissance, la

---

1. Plutarque, *Anton.*, XXXVI; Dion, XLVIII, 5l;
XLIX, 23.

passion qu'elle lui avait inspirée. Si, à la
vérité, les auteurs anciens ne nous disent
pas textuellement que Cléopâtre aima Antoine, les événements qu'ils rapportent, les
scènes qu'ils décrivent ne permettent guère
d'en douter. Il y a la logique des choses.
Avec son aspect de belluaire, sa haute stature, sa large poitrine, sa crinière de cheveux noirs, ses yeux sombres, son nez
d'aigle, ses traits durement accusés[1], Antoine avait sans doute une mâle séduction.
Sa première femme, Fulvie, l'aima avec
passion ; sa seconde femme, Octavie, l'aima
autant que l'on peut aimer ; l'altière Cléopâtre, elle aussi, lui rendit amour pour
amour. D'ailleurs, Shakespeare le dit, et la
parole de ce grand peintre du cœur humain,
de ce génie si miraculeusement compréhen-
sif, peut bien suppléer sur ce point au silence
d'un Dion Cassius ou d'un Paul Orose.

Si grande que fût la peine de cette autre

---

1. *Tu istis faucibus, istis lateribus, ista gladiatoria totius
corporis firmitate...* Cicéron, *Philipp*. II, 25. Cf. Plutarque,
Anton., V.

8

Didon, l'esprit se refuse cependant à se l'imaginer couverte de voiles de deuil et gémissant au fond de son palais. Vraisemblablement, Cléopâtre continua sa vie fastueuse et riante, donnant au plaisir tout le temps que lui laissaient les cérémonies officielles, les audiences publiques, les conseils de gouvernement et les conférences avec les architectes et les ingénieurs. Comme tous les Ptolémées, la dernière des Lagides fut un grand constructeur. C'est du règne de Cléopâtre que date le Typhonium, à Denderah. 'La reine fit aussi travailler, ainsi que l'indiquent ses cartouches, au grand temple de Denderah, aux temples d'Edfou, d'Hermonthis, de Coptos, et aux monuments de Thèbes situés sur la rive gauche du Nil[1]. A Alexandrie, outre le Cæsareum qui fut à ce qu'il semble commencé par Cléopâtre, elle dut construire nombre d'édifices. Mais, comme de tant d'autres palais

---

1. Nous tenons ces renseignements de M. Maspero, le maître de l'égyptologie contemporaine, dont la parfaite obligeance égale le grand savoir.

et temples plus anciens, il n'en reste pas
un vestige sur ce sol que les décombres des
siècles ont en maint endroit exhaussé de
dix mètres.

La reine s'efforça-t-elle de jouer l'indiffé-
rence en laissant Antoine sans nouvelles,
ou, plutôt, comme l'insinue Plutarque et
comme le montre Shakespeare, multiplia-
t-elle pendant ces trois années les appels
désolés et les messages brûlants? Selon l'historien Josèphe, son tempérament voluptueux
portait sans cesse Cléopâtre à de passagères
amours[2]. Outre Cnéius Pompée, César, Dellius, Antoine et Hérode, roi des Juifs[2], les
cinq amants qu'on lui connaît ou qu'on lui
attribue, la reine d'Égypte aurait eu nombre
de liaisons et de rencontres anonymes.
Est-ce une calomnie? C'est plutôt une mé-
disance. Quoi qu'il en soit, l'accusation de
Josèphe ne prouve nullement que Cléopâtre
n'aimât plus Antoine. Ces complexités du

1. Josèphe, XV, 4.
2. Sur les relations de Cléopâtre et d'Hérode, voir
l'appendice VI.

cœur et des sens n'ont rien d'énigmatique.

Pour Antoine, il semble bien qu'il avait
oublié Cléopâtre. Non seulement pendant
les trois ans où il était resté auprès
d'Octavie à Athènes et à Rome, non seulement au retour de son expédition contre
Antiochus de Commagène, il n'était pas venu
une seule fois en Égypte, mais même en
naviguant de Tarente à Laodicée, il n'avait
pas pensé à relâcher quelques jours à
Alexandrie, qui se trouvait presque sur
sa route. Il cingla droit sur la Syrie. Mais,
par un étrange retour, à peine Antoine
eut-il posé le pied sur la rive d'Asie, qu'il
sentit son amour se rallumer avec la dernière violence. Il établit ses quartiers à
Laodicée et dépêcha incontinent son ami
Fontéius Capito en Égypte pour en ramener
Cléopâtre. La reine ravie ne pensa pas à
retarder son départ, afin de se faire dé-
sirer davantage, comme elle l'avait ima-
giné cinq ans auparavant. Elle s'embarqua
en hâte et arriva à Laodicée, où elle fut
reçue par son amant avec des transports

de joie. Pour lui témoigner autrement que par des baisers l'indicible bonheur qu'il avait à la revoir, il lui donna, non pas des joyaux, mais des royaumes : la Chalcidé, la Phénicie, la Cœlésyrie, une grande partie de la Cilicie, le canton de Génésareth, en Judée, qui produit le baume, et l'Arabie Nabathéenne. Antoine n'avait aucunement le droit de disposer de ces territoires qui appartenaient au peuple romain; mais, fou d'orgueil autant que d'amour, il s'écriait « que la grandeur de Rome apparaissait bien moins dans ses conquêtes et ses possessions que dans les dons qu'il en faisait[1] ».

Après quelques jours, il fallut encore se séparer, non toutefois sans s'être promis de se retrouver au printemps à Alexandrie. Antoine prit avec son armée la route de l'Arménie. Cléopâtre revint en Égypte, en

_____

1. Plutarque, *Anton.*, XXXVII. Cf. Porphyre, *Fragm. Hist. Græc.*, III, p. 725. — Antoine fit aussi don à Cléopâtre des 300 000 manuscrits de la bibliothèque de Pergame, pour remplacer une partie des volumes brûlés à Alexandrie pendant la guerre de César.

8.

passant par Apamée, Damas et Pétra ; elle
voulait régler avec les rois de Judée et
d'Arabie le montant des tributs que ces
dynastes devaient lui payer chaque année
pour les portions de territoire qu'Antoine
lui avait données. Le roi d'Arabie promit trois
cents talents (seize cent soixante mille francs).
Le tribut du roi des Juifs devait être plus élevé.
C'était alors Hérode, que la protection d'Antoine avait porté au trône peu d'années auparavant. Il vint à la rencontre de Cléopâtre jusqu'à Damas. D'après Josèphe, Hérode qui était fort beau, repoussa les avances
impudiques de la reine et voulut même la
faire tuer, pendant qu'elle était en son pouvoir, afin de délivrer Antoine de cette
femme fatale. Mais ses conseillers le dis-
suadèrent de ce crime, lui représentant que,
dans le premier moment, il aurait à craindre une terrible vengeance du triumvir[1].

Cléopâtre était de retour à Alexandrie depuis quelque temps seulement, lorsqu'elle

1. Josèphe, XV, 4.

reçut un message d'Antoine, daté de Leukokome (ville du littoral de la Syrie). Il la
priait d'arriver au plus vite avec de l'argent,
des vivres et des vêtements pour ses soldats
dénués de toute ressource. La guerre avait
été malheureuse. Dans son trop ardent désir
d'aller, au printemps, retrouver Cléopâtre,
Antoine avait compromis le succès de l'expédition. Parvenu en Arménie, après une
marche forcée de huit mille stades, il aurait
dû y prendre ses quartiers d'hiver et n'ou-
vrir la campagne qu'au printemps, avec
des troupes reposées et dans une saison fa-
vorable. Mais, trop impatient pour subir
ce long séjour, il s'engagea dans la Haute-
Médie et, afin de rendre sa marche plus rapide, il laissa en arrière tout son matériel
de siège sous la garde d'un détachement.
Chariots, tours, catapultes, béliers de quatre-
vingts pieds de long, tout fut détruit par
la cavalerie parthe. Faute de ces batteries,
Antoine échoua dans l'attaque de la ville de
Phraata. Menacé par des forces considérables, il dut se mettre en retraite. On était

au cœur de l'hiver. Les légionnaires marchaient dans la neige au milieu des rafales glacées. Chaque matin, on trouvait des hommes morts de froid. Les vivres manquaient, les routes étaient inconnues, la redoutable cavalerie des Parthes harcelait les colonnes épuisées. Dans cette triste retraite, à laquelle Napoléon aurait pu songer avant de passer le Niémen, Antoine recouvra son énergie et ses qualités de capitaine.: insensible à la fatigue et à la faim, il se multipliait, faisant le métier d'imperator et celui de centurion. Toujours au point le plus menacé, il livra en vingt-sept jours dix-huit combats aux Parthes. Le soir, il était vainqueur ; mais, le lendemain, la bataille était à recommencer contre des forces sans cesse grossissantes. Quand Antoine gagna la côte de Syrie, son armée était réduite de soixante-dix mille à trente-huit mille hommes. Mais, plus heureux qu'avec Crassus, les Romains rapportaient leurs aigles[1].

1. Plutarque, *Anton.*, XXXVIII-LV ; Dion, XLIX, 25-31.

Cléopâtre eut beau se hâter, elle n'arriva pas encore assez vite au gré d'Antoine. Son impatience tourna en angoisse. Il s'imaginait que la reine ne répondrait pas à l'appel d'un vaincu. Accablé par la tristesse, il tomba dans une sorte de langueur. Il chercha alors à s'étourdir en buvant. Mais les plaisirs de la table, dont il avait été si cruellement privé pendant la campagne de Médie, ne réussirent pas à le distraire. Au plus fort de l'orgie, on le voyait soudain se lever, quitter ses compagnons. Il allait au bord de la mer, et y restait de longues heures les yeux fixés sur l'horizon, du côté où il attendait Cléopâtre [1].

La tant désirée arriva enfin, avec des vivres, des vêtements et environ deux cent quarante talents d'argent [2]. Les distributions aux légionnaires, la réorganisation de l'armée, le recouvrement des contributions obli-

---

1. Plutarque, *Anton.*, LV.
2. Plutarque, LV; Dion, XLIX, 31. — On donna trente-cinq drachmes à chaque légionnaire, et une moindre somme aux autres soldats.

gèrent Antoine à demeurer quelque temps
à Leukokome. Cléopâtre y resta avec lui.
Sur ces entrefaites, la nouvelle du mauvais succès de l'expédition s'étant répandue
à Rome, Octavie, toujours dévouée à son
mari, malgré les efforts d'Octave qui avait
eu la cruauté de lui apprendre le rappro-
chement d'Antoine et de Cléopâtre, résolut
de s'embarquer pour l'Asie. Elle pria Octave
de lui donner des vaisseaux, des troupes
et de l'argent. Des rapports avaient rensei-
gné celui-ci sur la violence de la recrudes-
cente passion d'Antoine; il accéda aux
demandes d'Octavie dans l'espérance que
l'accueil outrageant qu'elle recevrait de son
mari la détacherait à jamais de lui et indi-
gnerait les Romains. Pour ne pas risquer de
se rencontrer avec Cléopâtre, Octavie s'arrêta
à Athènes d'où elle informa Antoine de son
arrivée. Mais le triumvir ne voulait pas
renvoyer sa maîtresse. Il écrivit à Octavie
de rester à Athènes, en lui donnant pour
prétexte une nouvelle expédition qu'il projetait contre les Parthes. En effet, le roi

des Mèdes, sans cesse attaqué par ces hordes
turbulentes, proposait à Antoine son alliance
pour les combattre. Sans s'offenser du refus
d'Antoine de la recevoir, refus dont cependant
elle ne se dissimulait pas le véritable
motif, Octavie écrivit de nouveau à son
mari. Cette lettre ne contenait aucune récrimination ; la jeune femme y demandait
simplement au triumvir où elle devait
faire diriger les renforts et le matériel
qu'elle avait amenés pour lui. Ce convoi
comprenait, outre de nombreux effets d'habillement et d'équipement, des machines de
guerre, et une grosse somme d'argent, trois
mille hommes d'élite, portant d'aussi belles
armes que les cohortes prétoriennes. Octavie
avait sacrifié une partie de sa fortune personnelle pour augmenter cet armement.
Niger se chargea de la lettre d'Octavie.
Reçu plusieurs fois par Antoine, qui le tenait
en grande estime, il lui représenta amicalement ses torts envers Octavie, rappela les
rares mérites de cette admirable femme et
l'exhorta, au nom de ses intérêts si grave=

ment menacés et de sa gloire si tristement compromise, à quitter Cléopâtre[1].

Ébranlé, Antoine hésitait. Il pensa à retourner en Médie. De cette façon, il renverrait Cléopâtre en Égypte, laisserait Octavie en Grèce, et ajournerait au retour de la campagne une décision qu'il ne pouvait se décider à prendre. Mais Cléopâtre, avec la divination des femmes qui aiment, lut dans le cœur d'Antoine. Elle se vit en danger de perdre une seconde fois son amant. La reine avait encore sur Octavie l'avantage d'être près d'Antoine. Elle redoubla de sourires et de caresses, exagérant à dessein la passion, d'ailleurs très vive et très sincère, qui la possédait. Puis, aux premières ouvertures d'Antoine sur son départ pour la Médie, elle affecta une douleur mortelle. Elle ne mangeait ni ne dormait plus, passait ses jours et ses nuits dans les larmes. Son visage pâli, ses traits tirés, ses yeux battus, son regard atone, ses lèvres décolorées, frappaient tous ceux qui l'approchaient. Les

1. Plutarque, *Anton.*, LV, LVI. Cf. Dion, XLIX, 33.

femmes de Cléopâtre, ses amis, les familiers du triumvir qu'elle avait gagnés par ses flatteries et ses promesses, reprochèrent à Antoine son insensibilité. Ils l'accusaient de laisser mourir de chagrin une femme, adorable entre toutes, qui ne respirait que pour lui. « Octavie, disaient-ils, n'est unie à toi que dans l'intérêt de son frère, elle jouit de tous les avantages du titre d'épouse; et Cléopâtre, reine de tant de peuples, n'est appelée que la maîtresse d'Antoine : ἐρωμένην Ἀντωνίου. Elle ne refuse pas ce nom, elle ne s'en croit pas humiliée, elle s'honore de le porter. Son seul bonheur, sa seule ambition est de vivre avec toi. » Antoine se rendit, circonvenu par ces discours et dans la crainte que Cléopâtre, qui avait tout son cœur et à qui sa raison seule le faisait résister, ne mourût de tristesse ou ne prît du poison. Il ajourna son expédition en Asie et revint avec Cléopâtre à Alexandrie, où recommença la Vie inimitable [1].

1. Plutarque, *Anton.*, LVI-LVII. Cf. Dion, XLIX, 33.

9

Au commencement de l'année 34, il rejoignit ses légions en Asie. En peu de jours, il battit les Arméniens, fit prisonnier le roi et toute sa famille et réduisit le pays. Après cette glorieuse campagne, Antoine devait triompher à Rome. Mais par amour, par dévotion pour Cléopâtre, qu'il voulait associer à ces honneurs, il triompha à Alexandrie. Pour la première fois un Romain triomphait hors de Rome. C'était une insulte à la Cité qui paraissait ainsi décapitée; c'était une offense au Sénat et au Peuple, à qui seuls devait être rapporté l'honneur du triomphe.

Ce scandaleux triomphe fut de la plus grande magnificence. Dans Alexandrie, toute décorée et jonchée de fleurs, défilèrent au son des cors et des trompettes, les légionnaires, les cavaliers auxiliaires, les prêtres, les thuriféraires, les députés des villes portant des couronnes d'or, les chariots remplis de trophées, les milliers de captifs. Devant le char du triomphateur, attelé de quatre chevaux blancs, marchaient à pied le roi

Artavasde, sa femme et ses deux fils, char-
gés de chaînes d'or. Arrivé devant Cléopâtre
qui, assise sur un trône chryséléphantin,
présidait au triomphe, Antoine arrêta son
quadrige et présenta à la reine les captifs
royaux. Après le défilé et les sacrifices,
il donna un immense banquet au peuple
d'Alexandrie. D'énormes tables étaient dres-
sées dans les jardins du palais et sur les
diverses places de la ville. A la fin du
repas, Antoine fit asseoir Cléopâtre sur un
trône d'or et d'ivoire et se plaça lui-même
sur un trône semblable. Les trompettes son-
nèrent, les soldats en armes et tout le peuple
se massèrent autour des deux amants. Alors
Antoine proclama qu'on appellerait désormais Cléopâtre la Reine des Rois (Βασίλισσα
Βασιλέων), et son fils Césarion, héritier du
divin Jules, le Roi des Rois. Il leur attribua
de nouveau la souveraineté de l'Égypte et
de Cypre. Puis il régla publiquement le
sort des trois enfants qu'il avait eus de
Cléopâtre. Il donna à l'aîné, Alexandre,
qu'il appelait Hélios, l'Arménie, la Médie

et le pays des Parthes; à sa sœur jumelle,
Cléopâtre, qu'il appelait Séléné, le royaume
de Lybie; à Ptolémée, la Phénicie, la Syrie
et la Cilicie. A chaque proclamation du
triumvir, les hérauts répétaient ses paroles
et les trompettes sonnaient. Le même jour,
Antoine présenta à l'armée et au peuple les
jeunes souverains. Alexandre parut avec la
robe médique et la cidaris des rois perses.
Un peloton d'Arméniens lui servait de
garde d'honneur. Ptolémée avait une escorte
de mercenaires macédoniens, armés de sa-
risses de dix-huit pieds. Il portait le long
manteau de pourpre, les crépides brodées
d'or et le diadème de pierreries des successeurs d'Alexandre [1].

Déjà Cléopâtre avait donné l'exemple de
ces mascarades. Deux ans auparavant, à son
retour de Laodicée, où Antoine avait aug-
menté son royaume de la Phénicie, de la
Chalcide, de la Cœlésyrie et de plusieurs
autres contrées, elle avait donné à son règne

---

1. Plutarque, LIV, LIX; Dion, XLIX, 32, 40-41.

une ère nouvelle et avait pris officiellement
le nom de Nouvelle Isis ou Nouvelle Déesse [1].
C'est avec l'étroite robe d'Isis et sa couronne
à tête d'épervier et à cornes de vache qu'elle
présidait, le sceptre lotoforme à la main,
aux cérémonies publiques et qu'elle donnait
ses grandes audiences [2].

Docile à ces caprices, Antoine se fit représenter dans les tableaux et les groupes sta-
tuaires sous la figure d'Osiris et de Bacchus
siégeant auprès de Cléopâtre-Isis et de
Cléopâtre-Séléné. Il semblait que, ensorcelé
par sa maîtresse, il reniât sa patrie pour
elle. Il accepta la charge de grand gymnasiarque d'Alexandrie; il voulut que l'effigie
de l'Égyptienne figurât au revers de ses
monnaies impériales, il osa faire graver le
nom de Cléopâtre sur les boucliers des légionnaires. Il souffrait que dans une honteuse
interversion de rôle, la reine parcourût
Alexandrie, assise sur une chaise curule,

1. Voir l'appendice VII.
2. Plutarque, LIX.

tandis que lui-même, portant un cimeterre
oriental et une robe de pourpre à agrafes de
pierreries, l'accompagnait à pied au milieu
des ministres égyptiens et du troupeau
abject des eunuques [1].

1. Velléius Paterculus, II, 82; Dion, L, 5; Florus, IV, 2;
Servius, *Ad Æneid.*, VIII, v. 668. — Voir l'appendice VIII.

VI

Octave en déposant Lépide avait fait du
triumvirat un duumvirat. L'empire se trouvait partagé entre lui et Antoine. Mais la
domination de l'Orient ne satisfaisait pas
plus l'orgueil d'Antoine que la domination
de l'Occident ne suffisait à l'ambition d'Octave. Deux fois différée, la guerre civile
demeurait inévitable. Dans son extrême prudence, Octave l'eût sans doute retardée encore;
dans sa folie, Antoine la précipita. Il méprisait Octave comme capitaine. Ses flatteurs,

ses soldats, dont il était adoré, lui prédi-
saient la victoire. Cléopâtre, qui gardait le
souvenir irrité de l'insolent accueil des
Romains, brûlait de vengeance. Confiante
dans l'épée d'Antoine, elle jurait déjà « par
la justice qu'elle rendrait bientôt au Capitole[1] ».

Antoine commença par accabler Octave
de récriminations et de sourdes menaces. Les
clients d'Antoine qui étaient nombreux
à Rome, des amis, des émissaires envoyés
d'Égypte s'occupaient de faire valoir auprès
du peuple ses griefs réels ou supposés.
Octave, disaient-ils, a enlevé la Sicile à
Sextus Pompée sans en partager les dé-
pouilles avec son collègue ; il ne lui a même
pas rendu les cent vingt trirèmes prêtées pour
cette guerre. Il a déposé Lépide et a gardé
pour lui seul les provinces, les légions, les

---

2. Dion, L, 5; Florus, IV, 11. « L'Égyptienne, dit éner-
giquement Florus, demanda pour prix de ses caresses
l'empire romain à un empereur ivre : *Mulier ægyptia ab
ebrio imperatore pretium libidinum romanum Imperium
petit.*

vaisseaux qui avaient été assignés à ce triumvir. Il a distribué à ses propres soldats presque toutes les terres d'Italie sans rien réserver pour les vétérans d'Antoine. Tous les actes du gouvernement d'Octave étaient critiqués, incriminés. On rappelait qu'il écrasait l'Italie d'impôts, on l'accusait d'aspirer au souverain pouvoir. On allait jusqu'à dire que le véritable héritier de César était non pas Octave, son neveu, mais son propre fils Césarion, et qu'un second testament du dictateur serait produit quelque jour. Au témoignage de Dion Cassius, Antoine, en reconnaissant formellement Césarion comme fils légitime de César, avait porté au comble l'inquiétude et la colère d'Octave [1].

Cependant Octave patientait : ses armements n'étaient pas prêts et Antoine était encore populaire à Rome, où il avait conservé une nombreuse clientèle que protégeait sa femme Octavie. Malgré l'offense qu'elle avait

1. Plutarque, *Anton.*, LX, LXIII ; Dion, L, 1, 2.

9.

reçue d'Antoine, elle lui restait entièrement dévouée. En vain, quand elle était revenue de Grèce, Octave l'avait conjurée d'oublier son mari et de quitter sa demeure; elle s'y était nettement refusée. Elle continuait à habiter cette maison fameuse, naguère propriété du grand Pompée, y élevant avec une égale tendresse les enfants qu'elle avait d'Antoine et ceux de sa première femme. Les clients d'Antoine, les amis qu'il envoyait d'Alexandrie étaient assurés de trouver près d'Octavie secours et appui. Elle obtenait même pour eux les faveurs de son frère, si irrité qu'il fût. Elle ne cessait pas, du reste, de prendre devant lui la défense d'Antoine, excusant ses folies et ses fautes, et disant qu'il serait odieux que deux grands empereurs fissent s'entre-tuer les Romains, le premier pour venger des offenses personnelles, le second à cause de l'amour d'une étrangère [1].

Octave qui avait pour devise: On fait

1. Plutarque, *Anton.*, LVIII.

assez vite ce que l'on fait bien : *sat celeri-
ter fieri quidquid fiat satis bene* [1], semblait
céder aux prières d'Octavie ; mais s'il ne se
hâtait pas de déclarer la guerre, il la préparait lentement et y préparait l'opinion. Il
exploitait surtout contre Antoine sa vie
scandaleuse en Égypte, son asservissement
à Cléopâtre. Antoine, faisait-il dire dans le
Sénat, dans le peuple, dans l'armée, n'est
plus un Romain ; c'est un esclave de la
reine d'Égypte, l'incestueuse fille des Lagides.
Sa patrie, c'est Alexandrie, dont il veut
faire la capitale de l'Empire. Ses dieux,
c'est Knouphis à la tête de bélier, c'est Ra au
bec d'épervier, c'est l'aboyant Anubis —
latrantis Anubius. Ses conseillers, c'est l'eunuque Mardion, c'est Charmion, c'est Iras,
coiffeuse de cette Cléopâtre à qui il a
promis de donner Rome [2]. Ces racontages
mirent au cœur des Romains un sentiment
d'horreur que l'on retrouve, vivant encore,

1. Suétone, *August.*, XXV.
2. Plutarque, *Anton.*, LX ; Dion, L, 1, 4. Cf. L, 21, 27,
et Florus, IV, 11.

dans les vers des poètes du temps : « Parmi nos aigles, s'écrie Horace, le soleil voit, ô infamie, le vil drapeau d'une Égyptienne... Des Romains vendus à une femme ne rougissent pas de porter les armes pour elle... Dans l'ivresse de sa fortune et la folie de ses espérances, ce monstre — *monstrum illud* — rêve la chute du Capitole et prépare avec un troupeau honteux d'esclaves et d'eunuques les funérailles de l'Empire ! » « Ainsi, dit Properce, cette reine prostituée — *meretrix regina*, — honte éternelle du sang de Philippe, veut contraindre le Tibre à souffrir les menaces du Nil et faire reculer devant le sistre aigu la trompette romaine [1] ! »

Les consuls élus en 32, Domitius Ahéno-

1. Horace, *Carm.*, XXXVII ; *Epod.*, IX ; Properce, III, 11. — Ces vers sont postérieurs à la bataille d'Actium (31). Mais ils n'en témoignent pas moins des sentiments des Romains au début de la guerre. Si cette indignation et ces colères persistaient avec une pareille violence après la victoire, que devaient-elles être au moment du péril ? — Voir aussi les vers indignés de Lucain : *Pharsal.*, X, v. 59-62, 66, 73 : « Cette femme, honte de l'Égypte, — *dedecus Ægypti* — fatale Erynnis du Latium, incestueuse fille des Ptolémées, qui fit trembler le Capitole avec son sistre. »

barbus et C. Sossius, tous deux partisans
d'Antoine, tentèrent vainement de le sauver
en démasquant Octave devant le Sénat. La
majorité se déclara contre eux. Redoutant
la colère de l'implacable justicier de Pérouse,
ils s'expatrièrent avec un certain nombre
de sénateurs. Ils ne purent d'abord rejoindre
Antoine, qui se trouvait en Arménie
occupé à négocier le mariage de son très
jeune fils Alexandre avec Jotape, fille du
roi des Mèdes. Ils lui annoncèrent par une
lettre qu'Octave pressait ses armements et
que les hostilités étaient imminentes. Antoine,
en bon capitaine, résolut pour devancer son
ennemi, de porter la guerre en Italie. Il envoya
incontinent Canidius, avec seize légions, sur
le littoral de l'Asie Mineure, et lui-même
se rendit à Éphèse où tous ses alliés furent
invités à diriger leurs contingents. Cléopâtre
arriva la première, avec deux cents vaisseaux
de trois à dix rangs et un trésor de guerre de
vingt mille talents (cent millions de francs)[1].

1. Plutarque, *Anton.*, LX ; Dion, L, 2, 3.

Il eût mieux valu pour Antoine que
cette flotte demeurât dans les eaux égyptiennes, que cet argent ne fût pas retiré du
trésor des Lagides, et que Cléopâtre restât
à Alexandrie. L'adorable et fatale créature
apporta dans le camp romain son fastueux
désordre et son effréné besoin de plaisirs.
A Éphèse où elle aborda, à Samos où ils
allèrent ensuite, on recommença les folies
d'Alexandrie. L'arrivée continuelle des rois,
des gouverneurs, des députations de cités,
qui amenaient à Antoine des troupes et des
navires, servait de prétexte aux fêtes somp-
tueuses et aux représentations théâtrales.
Un millier de comédiens et de funambules
avaient été convoqués. Alors que le monde
entier, dit Plutarque, retentissait du bruit
des armes et des gémissements des hommes,
à Samos, on n'entendait que les rires, les
flûtes et les cithares[1]. Le temps passait vite
dans ces plaisirs, et il fallait ne pas perdre
une heure si l'on voulait prendre l'offensive.

1. Plutarque, *Anton.*, LXI.

Jusque-là, les amis et les capitaines d'Antoine, Dellius, Marcus Silanus, Titius, Plancus, subissant eux aussi la séduction de Cléopâtre, n'avaient rien tenté pour détacher leur chef de cette femme funeste. Maintenant la grande partie allait se jouer, et dans cette partie ils mettaient comme enjeu leur vie contre la domination du monde. Ils se rendirent auprès d'Antoine. Ahénobarbus, le seul de tous les Antoniens, dit Velléius Paterculus, qui n'eût jamais salué Cléopâtre du nom de reine[1], porta la parole et déclara nettement qu'il fallait renvoyer l'Égyptienne à Alexandrie jusqu'à la fin de la guerre. Antoine le promit. Malheureusement pour lui, Cléopâtre apprit cette démarche. Moins que jamais elle voulait laisser Antoine seul, en butte aux suprêmes appels d'Octavie, son heureuse rivale de naguère ; elle connaissait trop bien l'esprit hésitant et l'âme faible d'Antoine. Aurait-il la force de se refuser à une réconciliation, désirée au camp comme à Rome, qui

1. Velléius Paterculus, II, 84.

consoliderait sa puissance menacée et assurerait la paix à l'empire ? Cléopâtre gagna
Canidius, le plus renommé des capitaines
de l'armée d'Orient après Ahénobarbus ;
et à force de prières, de coquetterie, d'argent, dit-on, elle le persuada de parler
pour elle. Il dit à Antoine qu'il n'était ni
juste ni habile d'éloigner une souveraine
qui fournissait, pour la guerre, des secours
si considérables ; que l'on s'aliénerait ainsi
les Égyptiens dont les vaisseaux faisaient
la principale force de la flotte. Il ajouta
que Cléopâtre n'était inférieure pour le
conseil à aucun des rois qui allaient combattre sous les ordres d'Antoine, elle qui
avait longtemps gouverné seule un si grand
empire et qui, depuis qu'elle vivait avec
lui, avait pris une nouvelle expérience des
affaires. C'était parler contre la raison,
mais c'était parler selon le cœur d'Antoine.
Cléopâtre resta à l'armée[1].

Sur ces entrefaites, les amis qu'Antoine

1. Plutarque, *Anton.*, LXI.

avait encore à Rome lui dépêchèrent un des leurs, Géminius, pour tenter une dernière fois de l'arracher à sa maîtresse. Géminius, après plusieurs jours, n'avait pu réussir à se trouver en tête à tête avec Antoine. Cléopâtre, qui soupçonnait le Romain d'être venu pour les intérêts d'Octavie, ne quittait pas son amant une minute. A la fin d'un souper, Antoine, ivre à moitié, somma Géminius de dire sur l'heure le motif de son voyage. « — Les choses dont j'ai à te parler, répondit Géminius irrité, ne peuvent pas se traiter après boire. Mais ce que je puis te dire, aussi bien ivre qu'à jeun, c'est que tout irait bien si Cléopâtre retournait en Égypte. » Furieuse, la reine l'apostropha : « — Tu as bien fait de parler avant que la torture t'y ait contraint. » Antoine n'était pas moins courroucé. Le lendemain, Géminius ne se sentant pas en sûreté se rembarqua pour l'Italie[1].

1. Plutarque, *Anton.*, LXV.

La vindicative Égyptienne en voulait
aussi aux amis d'Antoine qui s'étaient
joints à Domitius Ahénobarbus pour demander son départ. Sarcasmes, offenses,
insultes, mauvais traitements, elle employa
tout, si bien que Silanus, Dellius (son ancien
amant, dit-on) et Plancus et Titius, tous
deux personnages consulaires, abandonnè-
rent le parti d'Antoine. Autant pour se venger de leur ancien chef que pour se concilier leur nouveau maître, Plancus et Titius,
de retour à Rome, révélèrent à Octave certaines clauses du testament d'Antoine, dont
la divulgation devait achever de le perdre
dans l'esprit du peuple. Antoine, reconnaissant Césarion comme fils de César, parta-
geait l'Orient romain entre ses autres enfants
et la reine d'Égypte, et ordonnait que même
s'il mourait à Rome, son corps fût trans-
porté à Alexandrie et remis à Cléopâtre. Les
deux consulaires ajoutèrent qu'ils étaient
certains de ces dispositions, puisque eux-
mêmes, sur le désir d'Antoine, avaient lu
ce testament, l'avaient scellé de leur cachet

et l'avaient déposé au collège des Vestales.
Octave demanda le testament. Les Vestales déclarèrent qu'elles ne le lui remet-
traient pas, mais que s'il voulait le venir
prendre lui-même elles ne pourraient l'en
empêcher. Octave n'eut aucun scrupule. Il
prit le testament et en donna lecture devant le Sénat. Les pères conscrits, il faut le
reconnaître, ne furent pas moins indignés
de la violation du testament d'Antoine que
du contenu même de cette pièce. Mais
Octave avait l'excuse d'agir pour le bien
public. Cet habile et patient politique tou-
chait enfin à son but. Il provoqua un
sénatus-consulte par lequel Antoine était
déposé du consulat, puis, le même jour, le
1er janvier 31, il fit déclarer la guerre, non
pas à Antoine, mais à la reine d'Égypte.
C'était un dernier ménagement envers l'o-
pinion. Octave ne voulait point se donner
l'odieux d'armer les Romains contre les
Romains. Il savait qu'Antoine n'abandon-
nerait pas Cléopâtre. En menant ses légions
au combat pour l'Égyptienne détestée, c'est

lui qui prendrait la responsabilité de la guerre civile [1].

Antoine et Cléopâtre passèrent à Athènes l'automne de 32 et une partie de l'hiver de 31. Tandis que leurs soldats épuisaient toutes les villes de la Grèce par d'énormes réquisitions et faisaient partout la presse pour compléter les équipages, arrachant les fils aux mères et les époux aux femmes, les deux amants menaient joyeuse vie. Toujours les spectacles, les jeux publics, les repas interminables, les orgies effrénées. Jalouse du souvenir qu'Octavie avait laissé à Athènes, où l'on parlait encore de sa beauté, Cléopâtre voulut l'effacer par son faste, ses flatteries et ses largesses au peuple. Les Athéniens peu ménagers des honneurs, déjà quelque peu surannés, dont ils pouvaient disposer, décidèrent que le droit de cité serait donné à Cléopâtre et qu'une statue lui serait érigée. Le décret lui fut apporté

---

1. Velléius Paterculus, II, 83; Plutarque, *An ton.*, LXIII, LXIV, LXXXVI; Dion, L, 3, 4.

par des députés au milieu desquels figurait
Antoine, en qualité de citoyen d'Athènes.
On en fit la lecture à la reine, après quoi
on loua en d'éloquents discours ses vertus
et ses mérites. La vanité de Cléopâtre était
satisfaite, non pas sa haine. Elle exigea
qu'Antoine répudiât Octavie, et que ce fût
d'Athènes même, de cette ville où les époux
avaient eu trois ans de bonheur, qu'il lui
fît tenir, à Rome, l'ordre de quitter sa
maison. Octavie en sortit, vêtue de deuil,
les yeux remplis de larmes, emmenant les
enfants d'Antoine. La malheureuse l'aimait
encore[1].

1. Plutarque, *Anton.*, LXII, 15 ; Cf. Dion, L, 3. — Ce
serait donc vraisemblablement dans l'automne de 32 qu'Antoine aurait épousé Cléopâtre. — Voir sur ce mariage l'appendice VIII.

VIII

Antoine n'avait pas renoncé à son premier projet, qui était de prévenir la concentration des forces d'Octave en portant la guerre en Italie. Mais il avait perdu bien des jours. Au printemps de l'année 31, ses troupes et ses escadres étant massées à Actium, à l'entrée du golfe d'Ambracie, il prenait ses dispositions pour le départ, lorsqu'il apprit que des vaisseaux romains rangeaient la côte d'Épire. Ce n'était que l'avant-garde de la flotte d'Agrippa, mais la présence de cette avant-garde dans les eaux grecques prouvait que les préparatifs d'Octave étaient très avancés, sinon terminés. L'heure de le surprendre était passée. Antoine se décida à attendre, pour adopter un nouveau parti, que les Romains eussent dessiné leur plan de campagne. La flotte et l'armée restèrent à Actium. Comme le séjour en était ennuyeux et malsain, Antoine vint à Patras avec Cléopâtre[1]. Dans les premiers jours du mois d'août, il reçut la grave nouvelle que la flotte romaine venait de jeter l'ancre sur la côte d'Épire, que les troupes débarquaient et que déjà Octave était à Toryne. Antoine partit sur-le-champ pour Actium, fort ému et fort mécontent que l'ennemi eût pris position si vite et si facilement. Pendant le trajet, Cléopâtre le plaisantait sur ses inquiétudes. « Quel grand malheur, dit-elle, qu'Octave

1. Dion, L, 9. — C'est vraisemblement alors que les Patréens frappèrent la médaille à l'effigie de Cléopâtre que nous signalons dans l'appendice IV.

soit assis sur une cuiller à pot ! [1] » En grec,
Toryne veut dire cuiller à pot.

L'armée d'Antoine, composée de dix-neuf
légions, de douze mille chevaux et de nombreux auxiliaires ciliciens, paphlagoniens,
cappadociens, juifs, mèdes, arabes, s'é-
levait à cent dix mille hommes. Sa flotte
comptait près de cinq cents vaisseaux, à
trois, cinq, huit et dix rangs. Ces derniers,
construits en Égypte, étaient de véritables
citadelles flottantes, surmontées de tours et
munies de puissantes machines de guerre.
Octave avait quatre-vingt mille fantassins
recrutés en Italie, en Sicile, en Espagne et
dans les Gaules, dix mille cavaliers et seulement deux cent cinquante navires, tant
trirèmes à éperon que liburnes légères. Si
les armées de terres présentaient un effectif
à peu près égal, la disproportion était
énorme entre les forces navales. Mais les
navires d'Octave pouvaient compenser leur
grande infériorité numérique par les qua-

1. Dion, L, 12; Plutarque, *Anton.*, LXVIII.

lités manœuvrières et l'excellence des équipages, qui tous avaient fait, sous Agrippa,
la longue guerre de Sicile. Au contraire,
les gens de mer d'Antoine n'étaient pas
en nombre suffisant, et la plupart allaient
combattre pour la première fois. Ses massifs
vaisseaux évoluaient difficilement. « La mer,
dit l'hyperbolique Florus, gémissait sous
leur poids et le vent s'épuisait à les mou-
voir [1] ».

Les Antoniens occupaient la pointe nord
de l'Acarnanie, près du promontoire d'Actium, avec un fort parti détaché sur la côte
d'Épire, qui y faisait face. Solidement établis
dans des retranchements élevés pendant
l'hiver, ils commandaient la passe étroite du
golfe Ambracique, où mouillait leur flotte.
Octave avait assis son camp en Épire, à peu
de distance du poste avancé de l'ennemi.
Antoine avait une excellente position défen-
sive qui lui permettait de braver indéfini-

1. Plutarque, *Anton.*, LXVII; Florus IV, 11. Florus porte
à quatre cents les vaisseaux d'Octave.

ment les attaques des Romains, car la passe
d'Actium était inforçable ; mais il se trouvait bloqué du côté de la mer d'où lui arrivaient presque tous les approvisionnements[1].

Les deux armées restèrent plusieurs jours
en présence. Octave, désireux de livrer
bataille, s'efforçait par toutes les démonstra-
tions d'engager son adversaire dans une
action sur terre ou sur mer. Antoine inquiet,
troublé, indécis, ne pouvait se décider à
prendre un parti. Il embarqua la plus
grande partie de ses troupes.et les fit passer
sur la côte d'Épire, comme pour attaquer
le camp romain, puis il se ravisa et les
fit repasser en Acarnanie[2]. Les officiers
d'Antoine, augurant mal des qualités tacti-
ques de ses monstrueux vaisseaux et pleins
de confiance au contraire dans la valeur
de leurs légionnaires, lui conseillaient de
donner la bataille sur terre. C'était le
désir des soldats. Dans une inspection, il

1. Paterculus, II, 84 ; Dion, L. 12-13 ; Plutarque, *Anton.*
LXVIII-LXIX, Florus, VI, 11.
2. Dion, L. 13-14.

fut interpellé par un vieux centurion tout
couvert de cicatrices. — « Oh ! Empereur,
te défies-tu donc de ces blessures et de
cette épée, que tu mets tes espérances
dans des bois pourris ? Laisse les hommes
d'Égypte et de Phénicie combattre sur
mer. Mais à nous autres, donne-nous la terre
où nous sommes accoutumés à tenir ferme
et où nous savons vaincre ou mourir [1]. »

Mais Antoine était troublé par des présages sinistres. Dans plusieurs villes, la
foudre avait renversé ses statues et celles
de Cléopâtre. A Albe, une statue de marbre
qu'on avait érigée au triumvir fut inondée de
sueur. « Signe plus effrayant encore, » dit
Plutarque, des hirondelles ayant fait leur
nid sous la poupe de l'*Antoniade*, la galère
amirale de Cléopâtre, il survint d'autres
hirondelles qui chassèrent les premières et
tuèrent leurs petits [2].

Des défaites répétées dans des escar-

1. Plutarque, *Anton.*, LXX.
2. Plutarque, *Anton.*, LXVI ; Dion, L, 8, 15.

mouches aux environs d'Actium, l'abandon
de Domitius Ahénobarbus qui passa soudai-
nement à l'ennemi, la défection de deux
rois alliés qui quittèrent l'armée avec leurs
troupes, confirmèrent ces mauvais présages
dans l'âme superstitieuse d'Antoine [1]. Il doutait du succès, il doutait de ses amis, de
ses soldats, de Cléopâtre elle-même. A la
voir triste, sans courage, en proie à de
sombres préoccupations — car elle aussi
pensait aux hirondelles de l'*Antoniade* et
aux statues foudroyées [2] — il s'imagina qu'elle
voulait l'empoisonner pour gagner par ce
crime la faveur d'Octave. Pendant plusieurs jours, il ne prit aucune boisson,
aucun aliment qu'elle ne les eût goûtés
d'abord. Par pitié pour son amant, Cléopâtre se prêtait de bonne grâce à ce caprice.
Un soir pourtant, à la fin du repas, elle

---

1. Velléius Paterculus, II, 84 ; Plutarque, *Anton.*, LXIX ;
Dion, L. 13-14. — Malgré sa forte éducation philosophique,
Brutus n'avait-il pas été troublé par une apparition à la
veille de Philippes ?

2. Dion, L, 15. Cf. Plutarque, *Anton.*, LXIX.

détache une rose de sa couronne et l'effeuille
dans une coupe qu'elle tend en souriant
à Antoine. Celui-ci l'approche de ses lèvres. Elle l'arrête et fait boire le vin em-
poisonné à un esclave, qui roule sur le
tapis, se tordant dans des douleurs mor-
telles. — « O Antoine ! s'écrie Cléopâtre,
quelle femme tu soupçonnes. Vois que les
moyens ni les occasions ne me manqueraient
pour te tuer, si je pouvais vivre sans toi [1]. »

L'inquiétude et l'abattement gagnèrent
l'armée, campée dans un lieu malsain et
commençant à manquer de vivres [2]. Un
jour, Canidius lui-même, jusque-là si ardent
à combattre, conseilla d'abandonner la flotte
et d'aller guerroyer en Thrace où Dikôme,
roi des Gètes, promettait d'envoyer des renforts [3]. Mais qu'avait-on besoin de renforts,
puisqu'on était supérieur en nombre à l'ennemi ! Cléopâtre ouvrit un autre avis, sinon
moins honteux du moins plus sensé. Fuir

1. Pline, XXI, 3.
2. Velléius Paterculus, II, 84 ; Dion, L, 15.
3. Plutarque, *Anton.*, LXIX.

10.

pour fuir, mieux valait gagner l'Égypte que
la Thrace. Elle proposa de laisser une partie
des troupes en Grèce pour tenir garnison
dans les villes fortifiées, d'embarquer les
autres sur les vaisseaux et de faire voile
vers l'Égypte en passant au travers de la
flotte d'Octave. Après de nouvelles hésita-
tions, Antoine adopta ce projet, bien qu'assurément il lui répugnât de fuir devant une
armée dont il méprisait le chef. Tout porte
à croire, d'ailleurs, qu'Antoine espérait détruire la flotte romaine dans le combat naval
qu'allait nécessiter la sortie du goulet d'Actium. S'il avait la victoire, il serait maître
de regagner sa station et d'attaquer l'armée
d'Octave démoralisée. Si le combat restait
indécis — car avec une flotte aussi puissante, il ne pouvait admettre l'hypothèse
d'une défaite — il cinglerait vers l'Égypte.
La retraite ne serait qu'un pis-aller[1].

La désertion et les maladies avaient beaucoup diminué la chiourme. Antoine se dé-

1. Dion, L, 14, 15. Cf. 19, 30, 31, et Plutarque, *Anton.*,
LXX.

cida à brûler cent quarante vaisseaux pour
compléter avec leurs équipages ceux du
reste de la flotte. Vingt-deux mille légionnaires, auxiliaires et frondeurs furent em-
barqués[1]. Afin de ne pas enlever le courage
aux soldats et aux gens de mer, on leur
cacha que ces préparatifs de combat étaient
plutôt des préparatifs de retraite. Le secret
fut si bien gardé que les pilotes s'éton-
nèrent de recevoir l'ordre d'emporter les
voiles. Ils rappelèrent que pour combattre
on manœuvrait seulement à la rame. Antoine fit répandre le bruit que l'on prenait
les voiles afin de mieux poursuivre l'ennemi après la victoire[2].

Le 2 septembre, au matin, les vaisseaux
d'Antoine, formant quatre grosses divisions,
franchirent le chenal d'Actium et, après
avoir débouché, se rangèrent en bataille,
face à la flotte d'Octave, qui les attendait
à huit ou dix stades du rivage. Du côté
des Antoniens, l'aile droite était com-

1. Plutarque, *Anton.*, LXX; Dion, L, 15.
2. Plutarque, *Anton*, LXX; Dion, L, 15.

mandée par Antoine, et Publicola ; le centre,
par Marcus Justéius et Marcus Octavius;
la gauche, par Cœlius. Cléopâtre se tenait en réserve avec soixante vaisseaux
égyptiens. Du côté des Romains, Octave
commandait l'aile droite, Agrippa l'aile
gauche et Arruntius le centre. Vers midi,
l'action s'engagea. Les troupes de terre, qui
se tenaient en armes et immobiles près du
rivage, ne virent pas, comme dans les autres
combats, les galères fondre les unes sur les
autres en cherchant à se frapper avec les
éperons d'airain. A raison de leur marche
lente, les lourds vaisseaux d'Antoine ne pouvaient donner de la proue avec cette impé-
tuosité qui fait la puissance du choc, et les
légers navires des Romains craignaient de
briser leurs rostres contre ces énormes bâtiments, construits de fortes poutres reliées
par des cottières de fer. C'était comme une
succession de sièges, comme une combat de
citadelles mouvantes contre des tours mo-
biles. Trois ou quatre galères romaines se
réunissaient pour attaquer un seul des vais-

seaux d'Antoine, si grands, dit Virgile, qu'on
eût cru voir les Cyclades nageant sur les
eaux. Les soldats jetaient des grapins,
lançaient des flèches enflammées sur les tillacs, attachaient des brûlots aux carènes,
montaient à l'abordage, tandis que les puissantes batteries, disposées au sommet des
tours du bâtiment attaqué, faisaient pleu-
voir sur les assaillants une grêle de traits
et de pierres. Tout d'abord, l'aile droite
romaine, commandée par Octave, plia sous
l'effort de la division de Cœlius. A l'autre
extrémité du champ de bataille, Agrippa
ayant dessiné un mouvement tournant
pour envelopper Antoine et Publicola,
ceux-ci marchèrent par leur droite et dé-
couvrirent ainsi le centre de la ligne.
Les rapides liburnes en profitèrent pour
aborder les vaisseaux des deux Marcus,
derrière lesquels se trouvait la réserve de
Cléopâtre[1].

1. Velléius Paterculus, II, 85 ; Plutarque, *Anton.*, LXXI,
LXXII ; Dion, XXXI, XXXIII ; Florus, IV, 11. Cf. Virgile,
Æn., VIII, v. 670-700.

Succès et échecs se compensaient. Dans les deux partis on combattait avec une égale fureur et la victoire restait incertaine. La nervosité de Cléopâtre allait tout perdre. Depuis plusieurs heures, elle était dans la fièvre et dans l'angoisse. Du pont de l'*Antoniade*, elle suivait anxieusement des yeux les mouvements des vaisseaux. D'abord elle avait espéré la victoire. Maintenant, épouvantée par le tumulte et les clameurs, elle ne souhaitait plus que fuir. Elle attendait avec une impatience, qui s'accroissait de minute en minute, le signal de la retraite. Soudain, elle voit l'aile droite s'éloigner vers la côte d'Épire, l'aile gauche gagner le large, et le centre, le centre qui la protège, attaqué, abordé, désuni, rompu, percé par les liburnes romaines. Alors, « pâle de sa mort prochaine », — *pallens morte futura* [1], — n'écoutant plus que sa peur, Cléopâtre fait hisser les voiles, et avec ses soixante vaisseaux elle passe au travers des combat-

1. Virgile, *Æn.*, VIII, v. 709.

tants et s'enfuit vers la haute mer[1]. Au
milieu du combat, Antoine aperçoit le
mouvement de l'escadre égyptienne. Il reconnaît les voiles de pourpre de l'*Antoniade*. C'est
Cléopâtre qui fuit, en lui enlevant au moment
décisif sa puissante réserve. Mais la reine
n'a pu ordonner la retraite. C'est lui seul
qui en devait donner le signal. Il y a une
méprise, un faux mouvement, une panique.
Antoine fait à son tour hisser les voiles de
sa galère, il s'élance à la suite de Cléopâtre.
Il ramènera les vaisseaux égyptiens et réta-
blira les chances de la bataille. Mais, avant
de rejoindre l'*Antoniade*, le malheureux a
réfléchi. Cléopâtre l'a abandonné par lâcheté
ou par trahison. Il ne ramènera à Actium
ni elle ni ses vaisseaux. Il pense à retourner
au combat, qui n'est plus qu'une déroute,
pour se faire tuer avec ses soldats. Mourir
sans revoir Cléopâtre ! il ne le peut pas.
Une force fatale l'entraîne sur les traces de

1. Velléius Paterculus, II, 83; Plutarque, *Anton.*
LXXXIII; Florus, IV, 11; Dion, L, 33. — Voir l'appendice IX.

cette femme. Il aborde l'*Antoniade*, mais alors
la honte de lui-même l'envahit. Il refuse de
voir la reine. Il va s'asseoir à la proue du
vaisseau et y reste trois jours et trois nuits,
la tête dans ses mains [1].

1. Velléius Paterculus, II, 85 ; Plutarque, *Anton.*, LXXIII,
LXXIV ; Florus, IV, 11 ; Dion, L, 33.

IX

La flotte égyptienne et un certain nombre
d'autres vaisseaux qui avaient suivi les fugitifs relâchèrent au port de Cænopolis, près
du cap Tenare. Dix fois repoussées par le
silence obstiné d'Antoine, les femmes de
Cléopâtre parvinrent enfin à amener une
entrevue entre les deux amants. Ils soupè-
rent et passèrent la nuit ensemble[1]. Ô misérable faiblesse humaine !

1. Plutarque, *Anton.*, LXXIV, LXXV; Dion, L, 5.

Plusieurs amis, échappés à la défaite, apportèrent des nouvelles. La flotte avait résisté longtemps, mais tous les vaisseaux qui n'étaient pas coulés ou brûlés étaient maintenant au pouvoir d'Octave. L'armée gardait ses positions et paraissait vouloir rester fidèle. Antoine envoya sur-le-champ des courriers et Canidius avec ordre de ramener ces troupes, et lui-même s'embarqua pour la Cyrénaïque où il avait laissé plusieurs légions. Un de ses vaisseaux portait ses bijoux, ses objets précieux et toute la vaisselle d'or et d'argent qui lui avait servi à traiter les rois alliés. Avant de quitter Cænopolis, Antoine partagea ces richesses entre quelques amis qu'il contraignit à chercher asile en Grèce, refusant de les laisser suivre plus longtemps sa fatale destinée. En se séparant d'eux, il les raisonnait amicalement, les consolait et souriait à leurs larmes d'un sourire triste et bienveillant[1].

Cléopâtre avait quitté la Grèce plusieurs

---

1. Plutarque, *Anton.*; LXXV.

jours avant Antoine. Elle était pressée de
retourner en Égypte, craignant que la nouvelle du désastre d'Actium n'y provoquât
une révolution. Afin de donner le change
au peuple pour quelques jours et d'avoir
ainsi le temps de prendre ses mesures, elle
entra dans le port d'Alexandrie avec l'appareil du triomphe. Ses vaisseaux, la proue
ornée de couronnes, retentissaient des chants
de victoire, des accords des flûtes et des
sistres. Dès qu'elle fut réinstallée dans le
palais, Cléopâtre fit mettre à mort plusieurs
personnages dont elle redoutait les intrigues.
Ces supplices, qui profitaient au trésor royal,
car la mort des coupables ou prétendus tels
entraînait la confiscation de leurs biens,
délivrèrent Cléopâtre des craintes d'une
révolution immédiate. Mais la reine n'en
gardait pas moins l'effroi de l'avenir. Elle
restait sous l'impression de sa terreur d'Actium. Parfois, hantée par l'idée du suicide,
elle voulait une mort fastueuse comme
l'avait été sa vie. Elle fit construire
au bord de la mer, à la pointe du cap

Lochias [1], un immense tombeau pour s'y brûler avec ses trésors. Un autre jour, elle pensait à la fuite. Par ses ordres, un certain nombre de ses plus gros vaisseaux furent transportés, à grand renfort de bras, de machines et de bêtes de somme, de l'autre côté de l'isthme, dans la mer Rouge. Elle rêvait de s'embarquer avec toutes ses richesses et d'aller recommencer, dans quelque contrée inconnue de l'Asie ou de l'Afrique, une nouvelle existence voluptueuse et magnifique [2].

Antoine ne tarda pas à revenir à Alexandrie. Il était dans le plus morne découragement. Son armée d'Acarnanie, abandonnée par Canidius qui avait pris la fuite, s'était rendue à Octave après sept jours d'hésitation. En Cyrénaïque, il n'avait pas même pu voir son lieutenant Scarpus, qui, ayant pris parti pour les césariens, l'avait menacé de

1. Près du temple d'Isis Lochias. Cf. Plutarque, *Anton.*, LXXXII, XCIV; et Néroutsos-Bey, *l'Ancienne Alexandrie*, p. 58-59.

2. Plutarque, *Anton.*, LXXVII, LXXXII; Dion, L, 5,

le faire tuer. Hérode, sa créature, qu'il avait fait roi des Juifs, avait envoyé sa soumission au vainqueur d'Actium. Partout la défection, chez les alliés comme dans les légions. Antoine en arrivait à douter même de Cléopâtre. C'est à peine s'il voulut la voir. Irrité contre la cruauté des dieux et plus encore contre la perfidie des hommes, il résolut de passer dans la solitude les tristes jours que ses ennemis lui laisseraient à vivre. L'histoire de Timon, le misanthrope d'Athènes, qu'on lui avait contée en des temps plus heureux, lui revint à la mémoire. Décidé à vivre comme Timon, il s'établit sur le môle désert du Posidion, et s'occupa d'y faire élever une tour qu'il voulut appeler le Timonion [1].

Cléopâtre ne s'abandonnait pas si facilement à la destinée. Sujette, au moment du péril, à des défaillances de courage auxquelles Antoine était inaccessible, le danger

---

1. Strabon, XVII, 9 ; Plutarque, *Anton.*, LXXVI, LXXVII ; Dion, L, 5.

immédiat passé, elle recouvrait son énergie.
Avec l'imagination emportée qu'avait Cléopâtre, elle ne pouvait désespérer ni tout à
fait ni longtemps. Elle apprit que ses vaisseaux, transportés dans la mer Rouge,
venaient d'être brûlés par les Arabes. La
fuite lui était interdite; elle organisa là
résistance. Tandis qu'Antoine perdait son
temps à jouer au misanthrope, la reine
levait de nouvelles troupes, équipait de
nouveaux vaisseaux, négociait de nouvelles
alliances, réparait les fortifications de Péluse
et d'Alexandrie, distribuait des armes au
peuple, et, pour animer les Alexandrins à
la défense de leur ville, elle faisait inscrire
son fils Césarion sur le rôle de la milice.
Antoine admira le courage et l'activité de
Cléopâtre. Sollicité par ses amis et d'ailleurs
las de la solitude, il rentra au palais. La
reine le reçut comme aux jours fortunés
où il revenait de Cilicie ou d'Arménie. Il
y eut encore avec les amis de la dernière
heure des banquets, des fêtes, des orgies.
Seulement, les Inimitables changèrent de

nom. Ils s'appelèrent les Inséparables dans la mort : οἱ συναποθανουμένοι [1].

Le choix de ce nom funèbre, pris autant par résignation que par bravade, révèle assez l'état d'esprit des deux amants. Antoine, il semble, n'espérait plus. Cléopâtre gardait encore l'espoir, mais avec des intermittences de sombre découragement. Ces jours-là, elle descendait dans les cryptes du palais, près des prisons des condamnés à mort. Des esclaves les tiraient par groupes de la geôle pour essayer sur eux les effets des poisons. Cléopâtre assistait avec une curiosité plus douloureuse encore que cruelle à la terrible agonie des patients. Les expériences recommençaient souvent, car la reine ne pouvait trouver le poison qu'elle rêvait, le poison qui foudroie sans secousse et sans souffrance. Elle remarquait que les toxiques violents tuaient vite mais avec d'atroces tortures, et que les poisons moins énergiques donnaient d'interminables agonies.

1. Plutarque, *Anton.*, LXXIX; Dion, LI, 6, 7; Florus, IV, 11.

Cléopâtre pensa aux piqûres des serpents.
Après de nouveaux essais, elle reconnut que
le venin d'une vipère d'Égypte, nommée
aspis en grec, ne causait ni convulsion ni
aucune sensation pénible et amenait, par
l'assoupissement de plus en plus profond,
une mort douce, semblable au sommeil [1].
Quant à Antoine, comme Caton et comme
Brutus, il avait son épée.

Au milieu de ces préparatifs de défense
et de ces préparatifs de mort, les vaincus
d'Actium pensèrent à négocier avec leur
vainqueur. Octave, d'abord rappelé à Rome
par la menace d'une sédition chez les Vétérans, s'était, dans le courant de l'hiver,
rendu en Syrie où se concentraient ses
troupes. Antoine lui écrivit. Il rappelait leur
ancienne amitié, alléguait ses services, s'ex-
cusait de ses torts, et terminait en s'enga-
geant à déposer les armes sous la condition
de vivre à Alexandrie comme un simple
particulier. Octave ne daigna pas répondre.

1. Plutarque, *Anton.*, LXXX. Cf. Rabirius, *de Bello Ac-
tiaco*, fragm., V-VII.

Il ne répondit pas davantage à une seconde lettre dans laquelle Antoine proposait de se tuer, pourvu que Cléopâtre continuât de régner sur l'Égypte. La reine, de son côté, et à l'insu d'Antoine, dépêcha un messager à Octave avec de riches présents. Moins généreuse que son amant, qui offrait sa vie pour lui assurer la couronne, elle séparait sa cause de la sienne. L'envoyé égyptien représenta à Octave que sa haine pour Antoine ne devait pas s'étendre à la reine, qui était innocente des derniers événements. C'est Rome, disait-il, qui a déclaré la guerre à l'Égypte pour en finir avec Antoine. Provoquée et menacée, Cléopâtre n'a-t-elle pas été contrainte d'armer pour sa défense? Mais maintenant qu'Antoine est vaincu, réduit à s'enfuir ou à se donner la mort, les Romains peuvent sans péril se montrer cléments envers Cléopâtre et lui laisser le trône. Ils y ont plus d'intérêt qu'à forcer cette puissante reine à une lutte désespérée[1].

1. Plutarque, *Anton.*, LXXX, LXXXI; Dion, LI, 6, 8.

11.

Octave se considérait déjà comme le maître de l'Égypte — et du monde. Il ne craignait pas le tronçon d'épée qui restait dans la main d'Antoine, et il craignait moins encore les débris de l'armée de Cléopâtre et les épaves de sa flotte. Mais deux choses demeuraient hors du pouvoir du tout-puissant empereur : l'immense trésor de Cléopâtre qu'il avait escompté pour payer ses légionnaires, et Cléopâtre elle-même qu'il voulait faire figurer dans son triomphe. Cléopâtre pouvait échapper au Romain par la mort, le trésor par le feu. Les traîtres et les espions ne manquaient point dans Alexandrie. Octave savait par leurs rapports que la reine expérimentait des poisons et qu'elle avait amoncelé toutes ses richesses dans son futur tombeau. Il se vit réduit à ruser avec l'Égyptienne. Il accepta ses présents, et se croyant autorisé par les paroles de l'ambassadeur à proposer un pareil marché, il dit que si la reine faisait tuer Antoine, elle conserverait la royauté. Peu de jours après, craignant que cette diplo-

matie quelque peu brutale restât sans effet
sur Cléopâtre, Octave lui dépêcha Thyréus,
un de ses affranchis. En Égypte, Thyréus
parla haut, devant Antoine et à la cour,
du juste ressentiment d'Octave et de ses
arrêts sévères, mais ayant obtenu sans
peine une audience secrète de Cléopâtre,
il lui dit que son maître l'avait chargé de
l'assurer de nouveau qu'elle n'avait rien à
craindre. Pour la convaincre, il feignit de
lui révéler qu'Octave l'aimait comme naguère l'avaient aimée et César et Antoine.
Cléopâtre eut plusieurs entretiens avec Thyréus et lui témoigna publiquement beaucoup
d'amitié. Antoine prit l'éveil et soupçon-
nant chez Cléopâtre, soit la femme, soit la
reine, il usa de ce qui lui restait de pouvoir pour se venger de Thyréus. Au mépris
de sa qualité d'ambassadeur, il le fit battre
de verges et le renvoya tout sanglant à son
maître [1].

La colère d'Antoine prouve que Cléopâtre

1. Plutarque, *Anton.*, LXXX, LXXXI; Dion, LI, 6-9.

n'avait pas écouté sans attention les confidences de Thyréus. Une femme croit aisément à ces sortes de déclarations, surtout
quand elle a été beaucoup aimée. Cléopâtre,
il est vrai, avait alors trente-sept ans; mais
en gardait-elle moins de confiance en sa
beauté, si souvent victorieuse? Il est vrai
aussi qu'elle savait qu'Octave ne l'avait jamais vue, sauf, peut-être, treize ans plus tôt,
à Rome, après la mort de César. Mais son
universelle renommée de séduction ne suf-
fisait-elle pas à inspirer sinon précisément
l'amour, du moins un vague désir et une
ardente et attractive curiosité? Cléopâtre avait
aimé Antoine avec passion, mais, autant
que sa force et sa mâle beauté, la gloire et
la puissance du triumvir avaient provoqué,
affermi, exalté cet amour. Maintenant, Antoine était vaincu, fugitif, trahi par ses
amis, abandonné par ses légions; lui-même
sans espérance et sans courage, semblait se
courber sous la destinée. Sa ridicule retraite
dans le Timonion, après la défaite d'Actium,
alors que Cléopâtre prise d'une activité

fébrile préparait tout pour une suprême
défense, avait mis au cœur de la reine plus
de mépris que de pitié. Les femmes ne
comprennent ni ne pardonnent ces crises
de découragement qui à certains jours abat-
tent les plus vaillants. Si peu d'amour
qu'elle conservât pour son amant et si
troublée qu'elle fût par les révélations de
Thyréus, Cléopâtre ne pensait cependant pas
à faire tuer Antoine, ou à le livrer à Octave. Mais qu'Antoine menacé dans Alexandrie, abandonné par ses derniers légionnaires, et n'ayant plus que des troupes
égyptiennes d'une fidélité suspecte, s'enfuît
en Numidie ou en Espagne et la délivrât
de lui, c'est peut-être ce qu'elle ne pouvait
se défendre d'espérer.

Vers le milieu du printemps de l'année 30, on apprit à Alexandrie qu'une armée romaine avait franchi la frontière occi-
dentale de l'Égypte. Antoine rassembla
quelques troupes et marcha à la rencontre
de l'ennemi. Une bataille s'engagea sous les
murs de la ville forte de Parætonium, qui

était déjà tombée au pouvoir des Romains.
Antoine, luttant avec une poignée d'hommes,
fut repoussé. Quand il revint à Alexandrie,
Octave n'en était plus qu'à deux marches.
Pendant que son lieutenant, Cornélius Gallus, pénétrait en Égypte par la Cyrénaïque,
lui-même y était entré par la Syrie et avait
pris Péluse après une résistance feinte ou
réelle, mais en tous cas fort courte. A la
nouvelle de la reddition de Péluse, les derniers Romains restés dans le parti d'Antoine
crièrent à la trahison, disant que Séleucus
avait livré la ville d'après les ordres mêmes
de Cléopâtre. Est-il vrai que la reine eût
donné de pareilles instructions ? On en peut
douter. Toutefois, le trouble d'esprit où se
trouvait alors Cléopâtre et ses secrètes espérances provoquent ces soupçons. Pour se
justifier, l'Égyptienne remit à Antoine la
femme et les enfants de Séleucus et lui proposa de les faire mettre à mort. C'était
donner une preuve très peu certaine de son
innocence. Antoine dut s'en contenter. Sa
colère tomba devant les protestations de

Cléopâtre et les larmes, vraies ou fausses, qu'elle versa devant lui[1]. Au reste, il n'était plus temps de récriminer : il fallait combattre.

Octave avait assis son camp sur des hauteurs, à vingt stades à l'est d'Alexandrie. Antoine ayant poussé en personne une forte reconnaissance de cavalerie dans cette direction, se heurta, non loin de l'Hippodrome, contre toute la cavalerie romaine. Un furieux combat s'engagea où malgré leur grande supériorité numérique, les Romains furent rompus et mis en pleine déroute. Antoine les poursuivit jusqu'aux retranchements du

---

1. Plutarque, *Anton.*, LXXXII ; Dion, LI, 9 ; Florus, IV, 11. — Dion accuse formellement Cléopâtre d'avoir livré Péluse. Plutarque, plus circonspect et en général plus véridique, dit seulement qu'elle en fut soupçonnée. Rabirius ni Florus ne parlent de cette trahison. Rabirius dit, au contraire (fragm. I-II), que l'assaut de Péluse fut meurtrier et qu'après la prise de cette ville les légionnaires furieux voulaient la démolir et qu'ils en furent empêchés par un discours de César. Mais le poète Rabirius n'est point digne de foi et, dans un poème écrit à la louange d'Octave, il eût été bien mauvais courtisan en disant que l'empereur avait dû ses succès à la trahison.

camp, puis il rentra dans la ville, retrempé
par cette victoire, peu importante, sans
doute, mais brillante cependant et de bon
augure. Il sauta à bas de son cheval devant
le palais, et sans prendre le temps de quitter ses armes, il courut, casqué, cuirassé,
encore couvert de sang et ruisselant de la
sueur du combat, embrasser Cléopâtre. La
reine, s'abusant sur l'importance de cette
escarmouche, se sentit renaître en même
temps à l'espérance et à l'amour. Elle
retrouvait son Antoine, son empereur,
son dieu de la guerre. Elle se jeta
avec passion au cou d'Antoine, se meur-
trissant les seins contre sa cuirasse. En
cette minute d'effusion sincère, elle se
reprocha douloureusement, si elle l'avait
commise, la trahison de Péluse ; et les
confidences qu'elle avait souffertes de l'envoyé d'Octave lui revinrent à la pensée
comme un poignant remords. Cléopâtre
voulut passer les soldats en revue. Elle
les harangua, et s'étant fait désigner
celui qui s'était montré le plus vaillant,

elle lui donna une armure d'or massif[1].

Antoine revenu à l'espoir n'avait plus l'idée de négocier. Dans cette même journée, il envoya un héraut à Octave, mais c'était pour l'inviter à vider leur querelle dans un combat singulier, en présence des deux armées. Octave répondit dédaigneusement « qu'Antoine avait plus d'un autre chemin pour aller à la mort ». Cette parole, qui indiquait tant d'assurance chez son ennemi, frappa Antoine comme un présage funeste. Soudain précipité de ses espérances chimériques, il vit sa situation dans sa sombre réalité. Résolu, cependant, à livrer le lendemain une dernière bataille, il commanda un repas somptueux. « Demain, dit-il, il sera peut-être trop tard! » Le souper fut triste comme un banquet de funérailles. Les rares amis qui lui étaient restés fidèles, gardaient un silence oppressé; quelques-uns pleuraient. Antoine, affectant une confiance qui n'était plus en lui, leur dit pour

1. Plutarque, *Anton.*, LXXXII; Dion, LI, 10.

les ranimer : — « Ne croyez pas que je ne
chercherai demain qu'une mort glorieuse :
Je combattrai pour la vie et pour la victoire[1]. »

Au point du jour, tandis que les troupes
prenaient leurs positions face au camp romain et que la flotte égyptienne qui devait
concourir à l'action en attaquant la flotte
d'Octave, doublait le cap Lochias, Antoine se
posta sur une éminence d'où il dominait la
plaine et la mer. Les vaisseaux égyptiens
s'avancèrent en ordre de bataille contre les
liburnes romaines, mais, arrivés à deux portées de flèche, les rameurs élevèrent en l'air
leurs grands avirons. Le salut fut rendu par
les Romains, et aussitôt les deux flottes, se
mêlant et n'en faisant plus qu'une seule,
voguèrent de conserve, la proue tournée vers
le port. Presqu'au même moment, Antoine
voit sa cavalerie, — cette cavalerie qui la
veille s'est si intrépidement battu, — s'é-
branler sans ordres et passer du côté d'Oc-

1. Plutarque, *Anton.*, LXXXII.

tave. Dans les lignes romaines, les trompettes et les cors sonnent l'attaque ; les légions s'élancent en avant aux cris accoutumés : *Cominus! Cominus!* (De près!) L'infanterie d'Antoine n'attend pas le choc ; elle se débande et se précipite vers la ville en entraînant son chef dans sa déroute. Antoine, ivre de fureur, proférant les menaces et les imprécations, frappant les fuyards du tranchant comme du plat de l'épée, rentre dans Alexandrie en criant qu'il est trahi par Cléopâtre, livré par cette femme à ceux qu'il n'a combattus que pour l'amour d'elle[1].

Cléopâtre n'avait plus le pouvoir de trahir ou de sauver Antoine. Elle-même, la Nouvelle Déesse, la Reine des Rois, elle était abandonnée par son peuple, comme lui, le grand capitaine, était abandonné par son armée. Leur cause était perdue ; qui aurait voulu s'y dévouer ? Dans la journée et dans la nuit précédentes, des émissaires d'Octave

1. Plutarque, *Anton.*, LXXXIII. Cf. Dion, LI, 10.

avaient travaillé les légionnaires et les Égyptiens, promettant aux uns l'amnistie, aux
autres la sauvegarde. Le valeureux cavalier
à qui, la veille, Cléopâtre avait donné une
armure d'or, n'avait même pas attendu le
matin pour passer dans les lignes romaines;
dans la nuit même il avait déserté[1] !

A la vue des fuyards qui débouchent
dans la ville, comme un torrent, Cléopâtre
s'épouvante. Elle sait les soupçons d'Antoine, elle connaît ses terribles accès de colère. Déjà elle est familiarisée avec la mort,
mais elle veut la mort la plus douce, la
mort sœur du sommeil. Sa chair frissonne
et se révolte à la pensée du glaive d'Antoine. Elle a la vision de hideuses blessures.
Elle frappée au sein, au ventre, au visage
peut-être ! Quant à tenter de calmer la fureur d'Antoine, la reine n'en a ni la force
ni le courage. Éperdue, Cléopâtre quitte le
palais avec Iras et Charmion; elle se re-
tire dans son tombeau, en fait fermer la

1. Plutarque, *Anton.*, LXXXII.

porte, et afin d'ôter à Antoine l'idée de forcer ce refuge, elle ordonne qu'on lui dise qu'elle est morte[1].

Antoine, qui court comme un fou dans les salles désertées du palais, apprend la nouvelle. Sa colère se fond en larmes. « — Qu'attends-tu de plus, Antoine? s'écrie-t-il, la fortune t'arrache le seul bien qui te faisait aimer la vie. » Il commande à son affranchi Éros de le tuer. Puis, en dégrafant sa cuirasse, il adresse ce dernier adieu à Cléopâtre : — « O Cléopâtre, je ne me plains plus d'être privé de toi, puisque dans un instant je vais te rejoindre. » Éros, cependant, a tiré son épée, mais au lieu de frapper Antoine, il se frappe lui-même. « — Brave Éros, dit Antoine, en le voyant tomber mort à ses pieds, tu me montres

---

1. Plutarque, *Anton.*, LXXXIV. Cf. Dion, LI, 10. — Dion prétend que Cléopâtre avait trahi Antoine à Alexandrie comme à Péluse et qu'elle lui fit annoncer sa mort afin de le pousser au suicide et de livrer son corps à Octave. Une fois pour toutes, nous suivons le récit de Plutarque qui paraît infiniment plus vraisemblable. La prise d'Alexandrie eut lieu le 1er août, 30 av. J.-C.

l'exemple. » Il s'enfonce son épée dans la poitrine et s'affaisse sur un petit lit[1].

Après quelques minutes, Antoine reprend ses sens. Il appelle des esclaves, des soldats, supplie qu'on l'achève. Personne n'ose exaucer sa prière, et on le laisse seul, hurlant et se débattant sur le lit. Pendant ce temps, on a averti la reine. Sa douleur est profonde et ardente, et d'autant plus cruelle qu'il s'y mêle le remords. Elle veut revoir Antoine. Elle ordonne qu'on le lui amène vivant ou mort. Diomède, le secrétaire de Cléopâtre, court au palais. Antoine n'a plus qu'un souffle de vie; la joie d'apprendre que la reine n'est pas morte le ranime. « Il se lève, dit Dion Cassius, comme s'il pouvait encore vivre ! » Des esclaves le portent dans leurs bras. Pour presser la marche, les supplications, les invectives, les menaces sortent de sa bouche avec les hoquets de l'agonie. On arrive devant le

---

1. Plutarque, *Anton.*, LXXXIV. Cf. Vellérius Paterculus, II, 87. Dion, LI, 10 et Florus, IV, 11.

tombeau. La reine se tient penchée à une
fenêtre de l'étage supérieur. De peur d'une
surprise, elle ne fait pas lever la herse,
mais elle jette des cordes à terre et ordonne
qu'on y attache Antoine. Puis aidée de ses
deux femmes, Iras et Charmion, les seules
personnes qu'elle ait amenées dans le
mausolée, elle commence à le hisser vers
elle. « Ce n'était point aisé pour des femmes,
remarque Plutarque, que de monter ainsi
un homme de la stature d'Antoine. Jamais,
au dire des témoins, on ne vit spectacle plus
émouvant et plus digne de pitié. Cléopâtre,
les bras roidis et la face contractée, tirait
les cordes avec effort, tandis qu'Antoine
tout ensanglanté et près de mourir, se soulevait autant qu'il le pouvait et tendait vers
elle ses mains défaillantes[1] ».

Enfin Cléopâtre attira Antoine à elle et le
déposa sur un lit, où elle le tint longtemps
embrassé. Sa douleur s'épanchait en pleurs,
en sanglots, en baisers désespérés. Elle

1. Plutarque, *Anton.*, LXXXV. Cf. Dion, LI, 10.

appelait Antoine son époux, son maître, son empereur. Elle meurtrissait ses seins, y enfonçait les ongles, puis elle se rejetait sur lui, baisait sa blessure, en essuyait le sang avec son visage. Antoine s'efforçait de la calmer et de la consoler et l'engageait à veiller à sa sûreté. Dévoré par la fièvre, il demanda à boire et vida une coupe de vin. La mort approchait. Cléopâtre reprit ses gémissements : « — Ne t'afflige pas, dit-il, pour mon dernier revers ; félicite-moi plutôt des biens dont j'ai joui dans ma vie et du bonheur que j'ai eu d'être le plus illustre et le plus puissant des hommes ; félicite-moi de ce que, étant Romain, je n'ai été vaincu que par un Romain [1]. » Il expira dans les bras de Cléopâtre, mourant, comme dit Shakespeare, où il avait voulu vivre.

Octave, ayant appris le suicide d'Antoine, dépêcha Proculéius et Gallus avec l'ordre de s'emparer de Cléopâtre avant qu'elle n'eût le temps de se donner la mort. Leurs

---

1. Plutarque, *Anton.*, LXXXV. Cf. Dion, LI, 10.

appels attirèrent l'attention de la reine. Elle
descendit et commença à parlementer derrière la herse. Sourde aux promesses et
aux protestations des deux Romains, Cléopâtre déclara qu'elle ne se livrerait que si
Octave s'engageait par serment à maintenir
elle ou son fils sur le trône d'Égypte; autrement César n'aurait que son cadavre.
Proculéius, avisant la fenêtre qui avait
donné accès à Antoine, laissa son compa-
gnon s'entretenir seul avec la reine. Il
trouva une échelle, l'appliqua contre l'é-
paisse muraille, pénétra dans le tombeau,
en descendit l'escalier intérieur et s'élança
sur Cléopâtre. Charmion, se retournant au
bruit, cria : « — Malheureuse reine, te voilà
prise vivante! » Cléopâtre tira rapidement,
pour s'en frapper, un poignard que depuis
quelque temps elle portait toujours à sa
ceinture. Mais Proculéius lui saisit le poi-
gnet, et ne la laissa se dégager qu'après
s'être assuré qu'elle n'avait sur elle ni une
autre arme, ni quelque flacon suspect. Il
reprit alors l'attitude respectueuse que com-

12

mandaient et le rang et l'infortune de la
royale captive. Il l'assura qu'elle n'avait
rien à redouter d'Octave. — « Reine, lui
dit-il, tu es injuste envers César à qui tu
veux ôter la plus belle occasion de montrer sa clémence[1]. »

Son trésor et sa personne au pouvoir des
Romains, Cléopâtre se sentait sans armes
pour défendre sa couronne. Que lui importait que César lui laissât la vie, puisque
désormais elle ne voulait plus que mourir.
Elle demanda comme seule grâce à rendre
à Antoine les honneurs funèbres. Bien que
la même requête eût été déjà présentée à
Octave par des capitaines de son armée qui
avaient servi sous Antoine, l'empereur,
pris de pitié, accéda à la prière de
l'Égyptienne. Cléopâtre lava le corps de son
amant; elle le para, l'arma comme pour
un dernier combat; puis elle l'ensevelit
dans ce tombeau qu'elle avait fait construire pour elle et où elle n'avait pu trou-

1. Plutarque, *Anton.*, LXXXVI, LXXXVII; Dion, LI, 11.

ver la mort. Après ces funérailles, la reine se laissa mener, d'après les ordres d'Octave, dans le palais des Lagides. On l'y traita avec les plus grands égards, mais elle y était pour ainsi dire gardée à vue[1].

Les émotions terribles par où venait de passer Cléopâtre, l'immense douleur qui l'accablait, enfin les coups qu'elle s'était donnés aux seins pendant l'agonie d'Antoine, déterminérent chez elle une inflammation de poitrine, accompagnée d'une fièvre ardente. Elle vit dans ce mal la mort tant désirée, et pour hâter sa délivrance elle refusa pendant plusieurs jours tout médicament et toute nourriture. Octave en fut instruit. Il lui fit dire qu'elle oubliait qu'il avait ses quatre enfants pour otages, et que leur vie lui répondait de la sienne. Cette odieuse menace vainquit la résolution de Cléopâtre qui consentit à se laisser soigner[2].

1. Plutarque, *Anton.*, LXXXIX; Dion, LI, 11.
2. Plutarque, *Anton.*, XC.

Octave, cependant, ne laissait pas d'être inquiet. Si la fierté de la reine allait l'emporter sur les sentiments de la mère? Si l'horreur de figurer comme captive dans le prochain triomphe déterminait Cléopâtre à se donner la mort? Sans doute elle était bien gardée, mais quelque négligence ou quelque trahison n'était-elle pas à redouter? La reine, d'ailleurs, faute d'armes et de poison, ne pouvait-elle pas se faire étrangler par la fidèle Charmion? Or, Octave estimait, selon le mot de Dion Cassius, que la mort de Cléopâtre « l'eût frustré de toute sa gloire [1] ». Il pensa à voir l'Égyptienne afin de la rassurer. Octave se savait assez maître de lui pour ne point s'engager, et il se croyait assez habile pour mettre la reine dans l'incertitude du sort qu'il lui réservait.

Cléopâtre, le récit de Plutarque ne saurait laisser aucun doute à cet égard, ne s'abusait plus sur les prétendus sentiments

---

1. ... τῆς πάσης δόξης ἐστερημένος.

d'amour, qu'au dire de Thyréus, elle avait inspirés à Octave. Depuis que l'empereur était à Alexandrie, il n'avait même pas exprimé son intention de la voir, et le rigoureux traitement, la réclusion sévère qu'il lui infligeait, les atroces menaces qu'on lui transmettait de sa part, ne décelaient pas un homme épris. Peut-on dire, cependant, qu'à l'annonce de la soudaine visite d'Octave, Cléopâtre, si désespérée qu'elle fût, n'eut pas une lueur d'espoir, une fugitive vision du trône, un dernier élan vers la vie? Peut-on dire qu'il ne passa pas dans ses beaux yeux un suprême éclair de triomphe entrevu?

La reine, à peine convalescente, était couchée quand Octave entra. Elle sauta à bas du lit, quoiqu'elle ne fût vêtue que d'une tunique, et se jeta à ses genoux. En voyant cette femme épuisée par la fièvre, amaigrie, horriblement pâle, les traits tirés, les yeux battus et rouges de larmes, portant sur son visage et sur sa poitrine les stigmates que ses ongles avaient marqués

12.

dans sa chair [1], Octave eut peine à croire que
ce fût l'enchanteresse qui avait captivé César et asservi Marc-Antoine. Au reste, Cléopâtre eût-elle été plus belle que Vénus,
qu'il se fût défendu de l'aimer. La conti-
nence était le moindre défaut d'Octave, mais
il était trop prudent et trop avisé pour sacrifier jamais ses intérêts à ses passions. Il
engagea la reine à se remettre au lit et
s'assit auprès d'elle. Cléopâtre commença à
se justifier, rejetant tout ce qui s'était fait
sur les circonstances et sur la crainte que
lui inspirait Antoine. Elle s'arrêtait souvent de parler, les sanglots lui coupant la
voix. Puis, dans l'espérance d'apitoyer Octave (de le séduire, a-t-on prétendu), elle
tirait de son sein des lettres de César, les
baisait et s'écriait : « Si tu veux savoir
comment ton père m'aimait, lis ces lettres... Oh! César! que ne suis-je morte
avant toi!... Mais pour moi tu renais dans
celui-ci » Et au milieu de ses larmes, elle

1. Plutarque, *Anton.*, XC.

essayait de sourire à Octave[1]. — Lamentable scène de coquetterie que la malheureuse femme ne pouvait plus ni ne savait plus jouer.

A ses soupirs, à ses gémissements, l'empereur ne répondait rien, évitant même de la regarder et tenant ses yeux fixés à terre. Il prenait seulement la parole pour rétorquer un à un tous les arguments à l'aide desquels la reine tentait de se justifier. Glacée par l'impassibilité de cet homme, qui sans être aucunement ému de ses malheurs et de ses tourments, discutait avec elle comme un magistrat instructeur, Cléopâtre comprit qu'elle n'avait aucune pitié à espérer. La mort lui apparut de nouveau comme la suprême libératrice. Alors elle arrêta ses plaintes et sécha ses larmes, et afin de tromper Octave sur sa résolution, elle affecta de se résigner à tout pourvu qu'on lui laissât la vie. Elle présenta à César

1. Plutarque, *Anton.*, XC, XCI. Cf. Dion, LI, 11-13; Florus, IV, 11.

l'inventaire de ses trésors, et le supplia de
lui permettre de conserver certaines parures
afin qu'elle pût les offrir elle-même à Livie
et à Octavie pour gagner leur protection.
« — Prends courage, ô femme ! lui dit l'empereur en la quittant. Aie bon espoir, il ne
te sera fait aucun mal [1]. »

Abusé par la feinte résignation de Cléopâtre, Octave ne doutait plus de montrer
à la populace romaine l'altière reine
d'Égypte marchant enchaînée devant son
char de triomphe. Il n'avait pas entendu,
en partant, le dernier mot murmuré par
Cléopâtre, ce mot que depuis la prise
d'Alexandrie elle se répétait sans cesse :
« Οὐ θριαμβεύσομαι ! Je ne servirai pas au
triomphe [2] ! »

Quelques jours après cet entretien, un
familier d'Octave, prenant en pitié une

1. Plutarque, *Anton.*, XC. Cf. Dion, LI, 12-13 ; Florus,
IV, 11. — Voir l'appendice X.
2. Tite-Live, *Fragm.* (édition Lemaire, t. VIII, p. 379).
— On ne saurait traduire en bon français l'énergie sin-
gulière de ce verbe au passif. Mot à mot : Je ne serai
pas triomphée.

si grande infortune, révéla secrètement à Cléopâtre que le surlendemain on l'embarquerait pour l'Italie. Elle demanda à aller faire avec ses femmes des libations sur le tombeau d'Antoine. On l'y porta en litière, car elle était encore trop faible pour marcher. Elle répandit le vin, posa les couronnes, puis elle embrassa une dernière fois la pierre du sépulcre en disant : « O cher Antoine, si tes Dieux ont quelque puissance — car les miens m'ont trahie — n'abandonne pas ta femme vivante. Ne souffre pas qu'on triomphe de toi en la faisant figurer à Rome au milieu d'une pompe fatale. Cache-moi avec toi sous cette terre d'Égypte[1]. »

A son retour, Cléopâtre se mit au bain. Ses femmes la vêtirent de ses plus beaux habillements, la coiffèrent avec soin et ajustèrent sur sa tête la couronne royale. Cléopâtre avait commandé un repas magnifique. Sa toilette achevée, elle prit place à

1. Plutarque, *Anton.*, XCII.

table. Un paysan entra qui portait un panier. Les soldats de garde ayant voulu voir ce que contenait ce panier, l'homme l'avait ouvert, avait montré des figues, et ceux-ci s'extasiant sur leur beauté il les avait invités à y goûter. Sa bonne humeur éloignant tout soupçon, on l'avait laissé passer. Cléopâtre prit le panier, fit porter à Octave une lettre que le matin elle avait écrite pour lui, puis elle resta seule avec Iras et Charmion. Elle ouvrit le panier et écarta les fruits. Elle espérait être piquée à l'improviste, mais le reptile dormait. Cléopâtre l'aperçut sous les figues. — « Le voilà donc ! » s'écria-t-elle, et elle se mit à l'exciter avec une épingle d'or. L'aspic la piqua au bras [1].

Averti par la lettre de Cléopâtre, Octave fit courir à ses appartements. Les officiers de l'empereur trouvèrent les gardes à leur poste, ignorant ce qui venait de se passer.

1. Plutarque, *Anton.*, XCIII; Horace, *Carm.* I, 37, Properce 11, XI; Velléius Paterculus, II, 87; Strabon, XVII, 11; Florus, IV, 11; Dion, II, 13-14. — Voir l'appendice XI.

Ils forcèrent la porte et virent Cléopâtre vêtue de ses habillements royaux, couchée sans vie sur son lit d'or. Au pied du lit était le cadavre d'Iras. Charmion respirait encore. Penchée sur Cléopâtre, elle lui arrangeait de ses mains défaillantes le diadème autour de la tête. Un soldat s'écria d'une voix courroucée : — « Voilà qui est beau, Charmion ! » — « Oui, dit-elle en mourant, cela est très beau et digne d'une reine issue de tant de rois [1] ! »

Octave fit mettre à mort Césarion, le fils que l'Égyptienne avait eu de César, mais il se montra clément envers le cadavre de Cléopâtre. Selon la prière désolée que la reine lui en avait faite dans sa dernière lettre, il permit de l'enterrer à côté d'Antoine. Il accorda aussi une sépulture honorable aux deux fidèles esclaves, Charmion et Iras, qui avaient voulu accompagner leur maîtresse chez les ombres [2].

1. Plutarque, *Anton.*, XCIII. — Cléopâtre mourut le 21 mésori (15 août, 30 av. J.-C.).

2. Plutarque, *Anton.*, XCIX. Cf. LXXXIX, XCXIII, et Dion, LI, 15.

Par le suicide, Cléopâtre s'était sous-
traite au triomphe d'Octave. A défaut de
sa personne, l'empereur eut son effigie.
On porta, à Rome, dans le cortège
triomphal, la statue de Cléopâtre avec un
serpent enroulé autour du bras[1]. Mais ne
semble-t-il pas que la statue de cette reine
illustre, qui avait soumis le plus grand des
Romains, qui avait fait trembler Rome et qui
aimant mieux mourir qu'assister à son humiliation, avait par sa mort triomphé de son
vainqueur, défiait encore le Sénat et le
Peuple sur le chemin du Capitole ?

On représente volontiers Cléopâtre comme
une grande reine, rivale de la fabuleuse
Sémiramis et sœur aînée des Zénobie, des
Isabelle, des Marie-Thérèse et des Catherine.
La vérité, c'est qu'il n'y a de grandes reines
que celles qui ont les vertus viriles et qui
mènent les peuples et préparent les événements comme le ferait un grand roi.
Cléopâtre était trop essentiellement femme

1. Plutarque, *Anton.*, XCIV. Cf. Dion, LI, 21.

pour compter parmi ces glorieux androgynes.
Si pendant vingt ans, elle conserva le trône
et maintint l'Égypte indépendante, elle y
réussit par les seuls moyens de la femme :
l'intrigue, la galanterie, la grâce et la faiblesse, qui est aussi une grâce. Pour régner,
elle ne sut, en réalité, qu'être la maîtresse
de César et la maîtresse de Marc-Antoine.
C'était l'épée romaine qui soutenait le trône
des Lagides. Quand par la faute de Cléopâtre l'arme fut brisée, le trône s'écroula.
L'ambition, son unique vertu de souveraine,
se serait bornée, si les circonstances ne l'a-
vaient développée et exaltée, à l'exercice de
la royauté héréditaire. Se sentant d'ailleurs
sans force, sans génie et sans volonté, elle
ne comptait que sur ses amants pour
accomplir ses desseins. Encore arrivait-il à
cette femme, fatale aux autres comme à
elle-même, d'en retarder l'exécution, domi-
née par le désir impérieux de quelque fête
ou de quelque amusement. Cette reine
avait l'insouciance des courtisanes. Les filles
galantes pourraient la revendiquer comme

13

une ancêtre auguste et tragique. Elle vécut pour l'amour, le faste et la superbe. Aussi, quand elle vit son amant tué, sa beauté flétrie, ses richesses perdues et sa couronne brisée, trouva-t-elle devant la mort le mâle courage qui lui avait manqué pendant la vie. Non, Cléopâtre ne fut pas une grande reine. Sans sa liaison avec Antoine, elle serait aussi oubliée qu'Arsinoë ou Bérénice. Si elle a une immortelle renommée, c'est qu'elle est l'héroïne du plus dramatique roman d'amour de l'antiquité.

Juin-septembre 1889.

THÉODORA

A VICTORIEN SARDOU.

THÉODORA

I

A entendre Montesquieu et tous les his-
toriens occidentaux s'indigner contre le
despotisme, la dégradation, le « tissu de
crimes et de perfidies » de l'empire d'Orient,
on croirait que les peuples de l'Occident
avaient alors recouvré les vertus de l'âge
d'or, sous le règne de la justice et de la
liberté. Or, quel tableau présente l'Occident pendant ce vi⁰ siècle où vécut Justinien ? C'est la barbarie dans sa plus affreuse
expression, la barbarie qui a perdu ses

mœurs simples et ses quelques vertus au
contact des races qu'elle a vaincues. Ce
sont tous les excès de l'état sauvage com-
binés avec tous les vices d'une civilisation
finissante. C'est partout le désordre, l'arbitraire, la violence, la dissolution morale, la
misère publique. Chacun tremble pour soi
au milieu de cette anarchie, depuis le souverain jusqu'au dernier des vassaux. Les
rois, sans autorité à l'égard de leurs chefs
de guerre, dont ils craignent les conspirations ou la révolte, sont sans pitié pour
leur peuple. Tandis que les leudes francs
ne daignent s'astreindre qu'à des contributions volontaires et que les ecclésiastiques
menacent le roi de la colère céleste s'il touche
aux biens du Seigneur, la masse de la population, lites germains, colons romains,
vassaux gaulois sont accablés d'impôts, de
redevances, d'exactions. Quand Chilpéric
donnait ses ordres aux agents du fisc, il
avait coutume d'y ajouter cette recomman-
dation : « Si quelqu'un contrevient aux
ordonnances, qu'on lui arrache les yeux. »

Lorsque les rois et les leudes voyageaient avec leur suite, ils n'emportaient point de vivres. Les réquisitions, souvent le pillage, nourrissaient bêtes et gens. On enlevait les bestiaux, on brûlait les chaumières.

Il n'y avait pas plus de sécurité pour les personnes que pour les biens. Des ambassadeurs d'un Visigoth d'Espagne étant venus demander en mariage pour leur maître la fille d'un roi de Neustrie, celui-ci ordonna que la maison de la jeune princesse fût formée par réquisition. On arracha de leurs demeures un grand nombre de personnes. « On sépara le père du fils et la mère de la fille, dit Grégoire de Tours, et la désolation était si grande qu'on pouvait la comparer à celle de l'Égypte... Plusieurs individus se pendirent de désespoir. » Et l'on n'agit point ainsi, remarque le bon chroniqueur, seulement envers des gens de condition servile; beaucoup des victimes de cette violence étaient de la meilleure naissance : *multi vero meliores natu.*

A la façon dont étaient traités les hommes

libres, on peut juger de la condition des
esclaves, encore nombreux à cette époque,
Le divertissement favori de Raukhing, duc
d'Austrasie, consistait à ceci : il forçait
les esclaves, qui l'éclairaient pendant son
souper avec des torches de résine, à
éteindre ces torches en les serrant entre
leurs cuisses nues ; les torches éteintes, il
les faisait rallumer, puis éteindre de nouveau par le même procédé. Deux amants
s'étaient mariés sans le consentement
de leur maître, le duc Ursio, et, à la
prière d'un prêtre, celui-ci avait juré de
ne les point séparer : il les fit enterrer
vifs, tous les deux dans la même fosse. —
Si un Grec du Bas-Empire eût ainsi tenu
son serment, quelle occasion pour les histo-
riens d'Occident de flétrir la cruauté et la
subtile perfidie des Byzantins !

A qui demander justice? Les lois ne manquaient point : il y avait les lois romaines,
les lois ou coutumes des Francs saliens, des
Burgondes, des Visigoths, des Lombards.
Mais cette multitude de lois formaient un

chaos où les plus habiles jurisconsultes n'auraient pu faire la lumière. A plus forte
raison, était-ce la confusion de la confusion
pour les comtes ignorants qui rendaient la
justice, et qui commençaient souvent les
audiences en insultant et en frappant les
plaignants. Les formes juridiques n'offraient
nulle garantie. La culpabilité et l'innocence
s'établissaient à la majorité des témoins (co-
jurateurs). Il s'agissait donc de produire le
plus grand nombre de témoins; on les obtenait, cela va sans dire, à prix d'argent ou
par menaces. La loi prononçait suivant la
qualité des personnes. « Si un Franc a lésé
un Romain, dit la loi salique, il paiera trente
sous; si un Romain a lésé un Franc, il paiera
soixante-deux sous. » A l'administration romaine a succédé le plus absolu désordre. Il
y a cent chefs dans l'État, — tyrans sur
leurs terres et brigands sur les grandes
routes, — ou plutôt il n'y a plus d'État.
Partout la misère et l'ignorance. « On abandonne les lettres et les arts, s'écrie Grégoire
de Tours. Toutes les sciences, tous les genres

13.

d'instruction dépérissent. Les malheureux temps où nous vivons ! »

L'état moral concorde avec l'état social. Les rois donnent l'exemple de tous les crimes et de tous les vices. Leur politique, c'est le guet-apens ; leur diplomatie, c'est la trahison ; leurs finances, c'est l'exaction ; leur justice, c'est l'arbitraire ; leurs mœurs privées, c'est le concubinat et la polygamie. Les chefs valent moins encore que les rois, et nombre d'évêques ne valent pas mieux que les chefs. Papolus, évêque de Reims, se montra si oppressif que la majorité des habitants déserta le diocèse ; Fronton, évêque d'Angoulême, avait fait empoisonner son prédécesseur afin d'arriver plus vite à l'épiscopat ; Cautinus s'enivrait du soir au matin. — On conçoit que cette occupation quotidienne l'empêchait de perdre son temps, comme les évêques d'Orient, en « de puériles discussions théologiques ». — Bagdégisile, Sagittarius, Droctégisile, Frodibert, d'autres prélats encore, sont cités pour leurs crimes et leurs débauches. Et ce n'est point une *Histoire secrète* qui les accuse, c'est l'histoire publique ; ce n'est point un Procope, c'est Grégoire de Tours.

Opprimée par sept colonies de pirates anglo-saxons, toujours en guerre entre elles, la Grande-Bretagne souffre les pires misères. La Germanie en est encore à l'état sauvage. Apparemment ce n'est point chez les Longobards, « plus barbares que la barbarie même », chez les Avares ou chez les Alamans, qu'on trouverait des exemples de mœurs douces et d'administration régulière. A la vérité, les Visigoths qui occupent l'Espagne et le nord-ouest de la Gaule sont plus civilisés que les Francs. Pourtant chaque translation de pouvoir provoque des émeutes sanglantes dans le palais et dans les camps, et un roi visigoth, dont les paroles sont rapportées par Paul Orose, déplore « que ses sujets soient incapables d'obéissance aux lois, à cause de leur indisciplinable barbarie ». L'Italie trouve quelque calme sous la domination de Théodoric, roi des Ostrogoths. Mais son royaume, élevé

par la force, disparaîtra avec lui. Et quoiqu'il joue à l'empereur romain, Théodoric
a les procédés de gouvernement d'un roi
franc, témoin Odoacre qu'il convie à un festin pour l'y égorger de ses propres mains ;
il a les colères féroces d'un vrai Barbare,
témoin le supplice de Boëce et de Symmaque
morts sur la roue.

Quels sont donc, au VIe siècle, les héros
de l'histoire ? C'est Chilpéric, c'est Chlotaire,
c'est Théodoric, c'est Théodat, c'est Alboin ;
ce sont encore Théodebert, Sighebert, Bru-
nehaut, Frédégonde. Tous sont despotes,
tous sont parjures, tous sont assassins.

II

Des royaumes de l'Occident passons à l'Empire. Constantinople avait remplacé Rome. C'était la capitale du monde. L'Empire, qui s'étendait des Alpes à l'Euphrate et du Danube aux déserts de l'Afrique, avait perdu de vastes territoires à l'ouest et au nord, mais il en avait gagné au sud et à l'est. A l'apogée de la puissance de Justinien, l'empire d'Orient comprenait soixante-quatre gouvernements différents (éparchies) dont un des plus petits était la Sicile. Dans neuf cent trente-cinq villes, on obéissait aux ordres de l'empereur. Alors que tous les peuples barbares vivaient dans un état quasi anarchique, l'Empire avait une organisation puissante et compliquée. Tous les services étaient centralisés, tous les fonctionnaires étaient hiérarchisés. Le gouvernement civil, séparé du commandement militaire et comprenant l'administration, la justice et les finances, appartenait aux éparques ou gouverneurs de province, qui relevaient des vicaires ou gouverneurs des diocèses, lesquels relevaient des deux Préfets des prétoires (on dirait aujourd'hui ministres de l'intérieur) résidant à Constantinople. Chacun de ces magistrats avait un nombreux personnel sous ses ordres ; tel gouverneur d'une éparchie d'Orient employait jusqu'à sept cents fonctionnaires et agents subalternes. L'effectif de l'armée comptait six cent quarante mille hommes. Les troupes stationnées dans chaque province étaient sous le commandement direct du duc ou du comte de la province. Ces généraux dépendaient du Maître de la Milice (ministre de la guérre). Pour les expéditions où il fallait réunir plusieurs corps d'armée, on nommait parmi les ducs ou les comtes un stratège (commandant d'armée) et quelquefois un stratélate (général en chef). Outre le Préfet des prétoires d'Orient, le Préfet des prétoires d'Occident et le Maître de la Milice, les grands officiers de la couronne étaient le Grand Chambellan, le Maître des Offices, qui dirigeait toute la maison impériale, le Questeur chargé de la rédaction des lois et décrets, le Comte des Largesses Sacrées, ou ministre des finances, le Comte du Domaine, chef des agents domaniaux. Ces différents officiers et magistrats qui portaient les titres de patrice, illustre, spectable, clarissime, perfectissime et *egregius*, formaient, sous la présidence de l'empereur, comme un conseil des ministres. Le préfet de Constantinople, le préfet de police, le patriarche et le commandant des gardes du palais y étaient souvent appelés. Des institutions de la Rome républicaine, il subsistait encore le Sénat et le Consulat.

Dans toutes les villes, il y a des écoles ; dans toutes les parties de l'Empire, les tribunaux rendent la justice d'après ces lois justinianéennes qui forment encore la base des législations modernes. Des routes entretenues à grands frais sillonnent les provinces, des relais de poste assurent la rapide transmission des dépêches gouvernementales et militaires. Des corps de troupes en station permanente, des forteresses élevées d'espace en espace, des lignes continues de fortifications protègent les frontières. Les pauvres trouvent des refuges et les malades des hôpitaux. Le commerce et l'industrie prospèrent, les arts créent un nouveau style, l'esclavage disparaît presque entièrement, les privilèges de la naissance sont inconnus, il n'y a ni castes ni fiefs, l'égalité et la liberté civiles existent pour tous.

Ainsi l'Empire contraste singulièrement avec les peuplades barbares qui l'entourent et le menacent. C'est encore le monde ro-

main, le monde césarien, mais christianisé.
De fait, Justinien n'est point un empereur
d'Orient, un empereur grec : ce paysan
slave se fait tout latin. Il réagit contre
l'hellénisme de Théodose II et d'Anastase;
il reconnaît la suprématie de l'évêque de
Rome sur le patriarche de Constantinople ;
c'est en latin qu'il fait rédiger *le Code*, les
Instituts, le *Digeste*. Il rêve la reconsti-
tution de l'ancien empire romain, et c'est
dans cette idée qu'il entreprend les guerres
d'Italie, d'Orient et d'Afrique. Pour lui,
le nom d'Hellène est synonyme de païen. Il
persécute les Grecs et ferme les écoles d'Athènes. L'empire romain finit avec Justinien,
l'empire grec ne commence qu'avec Héraclius. Justinien n'est pas un autocrator,
c'est un César.

A regarder de près, il est vrai, on s'aperçoit
que la grandeur du règne de Justinien tient
du décor de théâtre. La prospérité de l'Empire est plus apparente que réelle. Cette
administration perfectionnée profite surtout
au despotisme, cette orthodoxie rigoureuse

engendre les persécutions, cette égalité n'est que la servitude pour tous, ces lois si sagement élaborées sont souvent injustement appliquées, ces magnifiques monuments épuisent le trésor, ruinent les populations qu'on accable d'impôts, détruisent l'armée qu'on ne peut plus payer. Le Consulat n'est désormais qu'un titre purement honorifique; le Sénat, réduit souvent au rôle d'un conseil municipal, n'a plus que peu de part à la conduite de l'État; le bon plaisir du souverain et de ses grands officiers se substitue à l'exercice de la justice. Les plaintes des sujets n'arrivent pas à l'empereur, les provinces souffrent, et le peuple de Constantinople se déclare content pourvu qu'il y ait des distributions de blé et des courses dans l'Hippodrome.

Voilà ce qu'il faut dire, mais avant de condamner Byzance, il faut se rappeler la Rome des Césars. La plèbe romaine valait-elle mieux que le démos de Constantinople? avait-elle des sentiments plus généreux? méprisait-elle davantage le *Panem et Circen-*

ses ? Quels étaient donc, au 1ᵉʳ siècle, le
pouvoir des consuls, l'autorité du Sénat, la
liberté des citoyens? Le peuple de la capitale abdique dans la plus honteuse des ser-
vitudes, et les plaintes portées contre les
proconsuls témoignent des souffrances des
provinces. Le souverain respectait peu les
formes juridiques, puisqu'il frappait par le
poignard et par le poison. On ne compte
guère moins de conspirations, de soulève-
ments tumultuaires, de meurtres d'empereurs
à Rome qu'à Constantinople, et ni les actes
ni les mœurs des Tibère, des Caligula, des
Messaline, des Néron et des Domitien ne
sauraient être proposés en exemple. Ces
règnes de sang et de boue, selon l'expression
de Suétone, c'est pourtant ce que l'impar
tiale histoire appelle le haut-empire, tandis
qu'elle flétrit sous le nom de bas-empire les
règnes des Justinien, des Héraclius, des
Porphyrogénète, des Manuel Comnène, des
Jean Zimiscès et des Constantin XIII, —
ce dernier empereur grec qui, vaincu après
avoir repoussé les Turcs dans quatre assauts,

s'écriait au moment de tomber mort d'un coup de cimeterre : « La ville est prise, et je vis encore! »

Ce qu'il faut dire aussi, c'est que ce gouvernement si corrupteur, ce peuple si corrompu, cette administration si mauvaise, cette armée si misérable, ont fait durer l'Empire pendant plus de neuf cents ans, qu'ils ont résisté à vingt peuples, retardé de longs siècles l'invasion des Turcs, donné le christianisme aux Slaves, la civilisation aux Arabes et à l'Occident le trésor des lettres grecques.

III

Au vi^e siècle, le Franc, venu de Lutèce, qui se réduisait alors à la Cité et à quelques édifices épars sur la rive gauche; le Gallo-Romain, venu de Lyon ou d'Arles; le Goth, venu de Vérone; le Latin, venu de Rome même, qui, saccagée par quatre invasions, dépouillée de ses plus précieuses œuvres d'art par les empereurs de Byzance, était déjà presque en ruines, et où l'on faisait communément de la chaux avec les statues mutilées et les ornements d'architec-

ture; tout étranger enfin qui arrivait à
Constantinople était frappé d'étonnement et
d'admiration.

Construite dans le plus beau site du
monde, baignée de trois côtés par la mer,
s'élevant comme un lis de marbre sur
une nappe de lapis-lazuli, au milieu d'un
horizon de prairies, de fleurs, d'arbres frui-
tiers et de collines boisées, Constantinople
dépassait en superficie la Rome d'Auguste.
Les remparts, à assises de marbre, régnaient
sur un périmètre de plus de quatre lieues,
enserrant dans leur enceinte les sept collines
où s'étendaient les treize quartiers de la
ville. Chacune des poternes était flanquée
de colonnes; les grandes portes avaient les
proportions et la magnificence d'un arc de
triomphe. Sur l'autre rive de la Corne d'or,
on apercevait le quatorzième quartier de
Constantinople : les Syques (ou Figuiers),
aujourd'hui Galata. Une voie triomphale et
quatre cents rues s'ouvraient dans la ville,
où s'élevaient la grande basilique érigée par
Constantin à la Sainte-Sagesse (Ἁγία Σοφία,

dont on a fait Sainte-Sophie) et recons-
truite après un incendie par Théodose II,
les palais impériaux, les églises de Sainte-
Irène, de Jean Stoudiès, de Saint-Stéphane,
de Sainte-Aquiline, et vingt autres encore,
le grand Hippodrome, plusieurs amphithéâtres, cinquante portiques, huit grands
thermes publics, cent cinquante bains particuliers, des fontaines monumentales, cinq
greniers publics, un arsenal, de nombreux
édifices pour le Sénat, les cours de justice,
le trésor et les principales écoles, la Bibliothèque contenant cent vingt mille manuscrits, enfin quatre mille cinq cents palais
et maisons dignes de remarque. Huit
aqueducs et plusieurs sources, dont la ci-
terne de Polyxène, d'une contenance de
trois cent vingt-cinq mille mètres cubes,
donnaient l'eau à profusion, et de vastes
égouts souterrains, arrosés par le gros
ruisseau du Lycus, desservaient toute la
ville et allaient se décharger dans la mer.

L'Augustéon et le Forum de Constantin
étaient les deux principales places de Con-

stantinople. Entouré de portiques diptères,
l'Augustéon affectait la forme d'un rec-
tangle ; le milliaire d'or, grande arcade
décorée de statues où aboutissaient toutes
les routes de l'Empire, en occupait le centre. Un double hémicycle de portiques de
marbre formait le forum de Constantin.
Au milieu, jaillissait une fontaine surmontée
d'un groupe de bronze de proportion colos-
sale, représentant Daniel et les lions. Près
de la fontaine, s'élevait une colonne de
porphyre de quatre-vingt-dix pieds de haut,
non compris la base ni le chapiteau, où reposait une belle statue antique d'Apollon,
qu'on avait baptisée du nom de Constantin.

Comme le Bruchium des Ptolémées, le
Palatin des Césars, le Vatican des papes, le
Sérail des sultans, le Kremlin des tsars et
la Ville-Rouge des empereurs de la Chine,
le palais impérial contenait dans sa vaste
enceinte fortifiée, qui avait près de trois mille
mètres de tour, une multitude d'édifices :
palais, églises, chapelles, bains, stades, portiques, galeries, casernes pour les gardes,

demeures princières pour les grands officiers de la couronne. Des cours dallées de marbre, des parterres de fleurs, des bois de cyprès et de citronniers, des terrasses surplombant la mer, de magnifiques bassins, des cours d'eau artificiels, de larges escaliers découverts séparaient ou reliaient les diverses parties du palais. Au sud et à l'est, les jardins descendaient en pente douce jusqu'à la Propontide et au Bosphore. Au nord, le palais de la Daphné donnait sur les jardins ainsi que le Palais-Sacré, résidence des empereurs, où se trouvait la salle octogone du trône, nommée le Chrysotriclinium. Au nord, aussi, s'élevait le palais de la Chalcé, qui développait sa façade extérieure sur la place de l'Augustéon, vis-à-vis de Sainte-Sophie A l'est, d'autres constructions se projetaient, comme un bastion avancé, entre les thermes du Zeuxippe et l'Hippodrome ; c'étaient l'église de Saint-Stéphanos et le *Kathisma* ou palais de la Tribune. Le Kathisma se composait d'un atrium, d'un triclinium, d'un salon de repos, et enfin de

14

la tribune, qui dominait l'Hippodrome. L'autocrator assistait aux courses et se montrait au peuple sans sortir de l'enceinte
de son palais. L'architecte avait disposé la
tribune en vue de la commodité de l'empereur et aussi de sa sécurité. A l'Hippodrome, le peuple avait toute liberté de
paroles; il prenait parfois toute liberté
d'action. Une émeute, un coup de main,
étaient à redouter. Mais la tribune impériale pouvait défier les assauts. La
terrasse du Kathisma s'élevait de plus de
dix mètres au-dessus de l'arène, et le py,
sorte de terre-plein en forme de π, qui se
projetait en avant de la tribune, auquel
n'accédait aucun escalier et où se tenaient
les gardes, formait une première ligne de
défense. Si l'on jetait des pierres, l'empereur se retirait dans le triclinium, dont
les portes de bronze étaient incontinent
fermées, et du Kathisma il rentrait, sans
courir aucun risque, dans le Palais-Sacré.
Pour l'impératrice, elle ne paraissait pas
dans la loge impériale. L'étiquette de la

cour, qui déjà se modelait sur les costumes
de l'Orient, ne permettait pas que l'épouse
du souverain se montrât au peuple dans
cette circonstance profane. C'étaient des
catéchuménies de l'église de Saint-Stéphanos, qui avaient vue sur l'arène, que l'Augusta assistait aux courses de l'Hippodrome.

Plus vaste que le Colisée, l'Hippodrome
de Constantinople était décoré avec plus de
magnificence. Présentant la figure d'un fer à
cheval très allongé, il se terminait à sa base
par le Kathisma et divers bâtiments qui
contenaient, au-dessus des écuries, les loges
du patriarche, des généraux, des personnages
de la cour. Sur tout le reste de la circonférence, se développaient quarante rangs de
gradins de marbre, au-dessus desquels régnait
un vaste promenoir orné de portiques et peu-
plé de statues. L'une d'elles, véritable colosse,
avait le pouce gros comme un homme. La
petite rivière de l'Éripe, endiguée dans un
large fossé, coulait tout autour de l'arène.
Ce cours d'eau servait à deux fins : il pro-

tégeait les spectateurs contre les bonds des
bêtes sauvages que l'on montrait parfois
dans le cirque, et il empêchait l'arène d'être
envahie par les spectateurs à l'issue d'une
course de chars. Une longue et étroite plate-
forme, nommée la *spina* (l'épine), s'élevait
dans l'axe de l'Hippodrome, divisant l'arène
en une double piste. Sur la spina se dressaient l'obélisque apporté de la Haute-Égypte
par Théodose et la colonne d'airain formée
de trois serpents enlacés. Cette colonne, qui
portait naguère à son sommet le trépied
d'or d'Apollon, avait été érigée à Delphes
par les Grecs alliés en commémoration de
la défaite des Perses. — C'est avec une sainte
émotion que nous nous sommes approché,
dans l'At-Meïdan de Constantinople, de la
Colonne Serpentine, cet antique monument
qui rappelle la plus utile victoire qu'ait
jamais remportée la civilisation sur la barbarie et qui marque la date de l'avènement
du génie grec.

Parmi les autres merveilles de Byzance,
il y avait les termes du Zeuxippe. Christo-

dore de Coptos a consacré un poème entier
à la seule description des statues prises à
Rome, à Athènes, à Olympie, à Corinthe,
en Asie Mineure, qu'on y avait réunies.
Toute la Grèce antique revivait là dans les
marbres et dans les bronzes des grands
maîtres : la religion, avec Apollon, Athènè,
Zeus et la radieuse théorie des Olympiens;
la légende, avec Hélène, Achille, Andro-
maque, Calchas, Amphiaraos; la politique
et la guerre, avec Thémistocle, Périclès, Alcibiade, Alexandre; l'éloquence et l'histoire,
avec Eschine, Démosthène, Hérodote, Thucydide; la poésie et la philosophie, avec
Homère, Pindare, Pythagore, Platon et
Aristote[1].

Constantinople alliait au brillant d'une
ville neuve les grands souvenirs des antiques
cités. Les mosaïques, les émaux, les ivoires,

[1]. Sur la topographie et les monuments de Constantinople, Cf. Procope, de Ædific., I ; Paul le Silentiaire, Sanctæ
Sophiæ descriptio; Anthologia Græca, I, p. 26, sq.; Banduri, Imperium. Orientale, passim; Labarte, Le Palais de
Constantinople; Paspathis, Τὰ βυζαντινὰ Ἀνάκτορα.

14.

les plaques d'or, les porphyres, les lazu-
lites, les gemmes, les pierres précieuses qui
forment l'éblouissante décoration des monuments bysantins, y servaient de cadre aux
plus beaux chefs-d'œuvre de l'art grec.
D'autres constrastes frappaient le regard
quand on détournait les yeux des édifices
et des statues pour les porter sur la foule
qui emplissait les rues, sénateurs drapés
dans la toge antique et ducs des confins
militaires portant l'ample chlamyde et la
tunique de soie brochée de figures, cata-
phractaires tout couverts de mailles de fer
et scholaires de la garde cuirassés d'or, cla-
rissimes en lacernes à franges et à médail-
lons brodés, et artisans ayant encore, comme
aux temps des républiques d'Athènes et de
Rome, la tunique brune sans manches. Aussi
peuplée que l'avait été Rome, Constantinople
avait, outre son immense population indigène, une population flottante considérable.
Le monde entier affluait à Byzance. De toutes
les parties de l'Empire, de l'Europe, de l'Asie,
de l'Afrique, accouraient les marins, les

marchands, les mercenaires, les manœuvres, les solliciteurs, les plaideurs, les curieux, les jeunes gens en quête d'engagement militaire. On voyait tous les costumes et tous les types ethniques : la longue candys du Parthe, la casaque de peaux de rats du Hérule, le sagum rayé du Goth, le burnous de poils de chameau du Numide, la chevelure flottante du Sicambre, la barbe calamistrée du Perse, la face blonde du Chérusque, le masque de bronze du Mauritanien.

IV

C'est sur cet empire si vaste, sur cette ville si magnifique, sur ces peuples si nombreux qu'une destinée extraordinaire fit régner Théodora.

Théodora, à écouter Procope, naquit dans la loge d'un gardien de bêtes féroces de l'amphithéâtre des Verts. Son père Acacios mourut peu de temps après sa naissance, c'est-à-dire dans les dernières années du ve siècle, sous le règne d'Anastase. La femme d'Acacios devint l'épouse ou la maîtresse de l'homme qui avait remplacé son mari comme *arctotrophe* (nourrisseur d'ours). Mais, séduit par une offre d'argent, le directeur des jeux donna bientôt cet emploi à un autre individu. La pauvre femme, réduite à la misère, s'avisa d'un touchant stratagème. Un jour de courses à l'Hippodrome, elle fit entrer Théodora et ses deux autres petites dans l'arène. Voilées, la tête couverte de bandelettes comme des victimes consacrées, elles s'agenouillèrent et tendirent leurs petites mains vers les spectateurs. Les Verts ne firent que rire de ces larmes et de ces supplications, mais les Bleus en furent émus. Ils profitèrent de l'occasion pour donner une leçon d'humanité à la faction adverse. Le gardien de leur cirque venait de mourir, ils nommèrent à sa place le beau-père des trois petites suppliantes. La famille passa ainsi de l'amphithéâtre des Verts dans celui des Bleus[1].

Ces amphithéâtres, que chaque faction

1. Procope, *Histor. arc.*, IX.

avait édifiés à ses frais, et où les courses et
les jeux étaient bien plus fréquents qu'au
grand Hippodrome, n'étaient point réservés
seulement aux courses de chars et aux
exhibitions de bêtes sauvages. On y faisait
entendre des chœurs de musique, on y donnait des danses, on y montrait des jongleurs
et des acrobates, on y représentait des pan-
tomimes. C'est dans ces exercices et dans ces
bouffonneries que Théodora parut devant le
public. Encore trop enfant pour remplir un
rôle, elle ne fit d'abord qu'accompagner
comme une petite servante sa sœur aînée
Comitô, qui déjà était en faveur; elle lui
portait son tabouret, lui présentait divers
objets, lui faisait des grimaces. Quand Théodora fut devenue grande, tout le succès fut
pour elle. Elle n'était ni danseuse, ni chan-
teuse, mais acrobate pleine d'adresse et de
grâce et mime pleine d'esprit et d'invention.
Dès qu'elle entrait en scène, tous les regards
se portaient sur elle pour ne plus la quitter. Elle provoquait surtout les applaudis-
sements quand un pantomime commençait

à la battre ou à la souffleter; elle prenait
sous les coups une physionomie si drôle,
faisait des mines si gentilles, montrait si
bien le rire au milieu de ses feintes larmes,
que nul ne pouvait garder son sérieux[1].

Théodora était-elle souverainement belle,
comme l'atteste Procope dans *les Édifices*?
«Sa beauté, dit-il, est telle que personne ne
saurait l'exprimer ni par des paroles ni par
des images[2].» Était-elle seulement jolie et
gracieuse — εὐπρόσωπος καὶ εὔχαρις — comme
le même écrivain l'indique dans l'*Histoire
secrète*? D'après ce second portrait, Théodora
était un peu petite et de teint très blanc et
très pâle; ses yeux extrêmement vifs avaient
un incomparable éclat[3]. L'historien arrête
ici sa description sommaire et ne nous dit
point si Théodora avait le corps d'une
Phryné, fait pour convaincre un aréopage

1. Procope, *Histor. arc.*, IX.
2. Procope, *de Ædific*, I, 11. Cf. Paul le Silentiaire, descript., *Sanctæ Sophiæ*, v. 62; *Anthologia Planudea*, 77, 78; Théophile, cité par Alemanni, p. 415.
3. Procope, *Histor. arc.*, X. — Voir l'appendice XII.

et pour poser devant un Apelle. On le peut
supposer, puisqu'elle aimait à paraître dans
l'amphithéâtre ayant pour tout vêtement
une écharpe de soie nouée autour des reins.
Elle eût préféré, ajoute Procope, se montrer
complètement nue au public, mais les règle-
ments de police le défendaient. Dans les
coulisses et pendant les répétitions, elle quittait tout vêtement, et, nue au milieu des
mimes et des acrobates, elle s'exerçait à
lancer le disque[1].

A la profession de funambule, Théodora
joignait le métier de courtisane. Avant
qu'elle fût nubile, elle se livrait aux esclaves
qui attendaient leurs maîtres à la porte
du théâtre. Quand elle fut jeune fille,
on compta par centaines le nombre de
ses amants d'un jour. Patrices, acrobates,
esclaves, portefaix, matelots, elle se donnait à tous avec une égale facilité et une
égale dépravation[2]. Théodora personnifie

1. Procope, *Histor. arc.*, IX.
2. *Id., Ibid.*

la débauche antique dans toutes ses infamies. Auprès d'elle Messaline est continente.

A mener cette vie, Théodora gagna un affreux renom. Lorsqu'on la rencontrait dans quelque rue, on se détournait ou l'on s'arrêtait afin de n'être point souillé du contact de ses vêtements, de l'air même qu'elle respirait. Sa vue, au lever du jour, passait pour un présage néfaste. Cependant, un certain Hécébole, personnage aussi rebelle aux idées superstitieuses qu'insensible à l'opinion, emmena Théodora dans la Cyrénaïque, dont il venait d'être nommé gouverneur. Hécébole pouvait espérer d'ailleurs que la réputation de Théodora n'avait pas pénétré jusqu'en Afrique. Le gouverneur se fatigua vite de cette indigne maîtresse. Il la chassa, et la malheureuse tomba dans la plus triste misère. Elle courut toutes les villes de l'Afrique orientale, depuis Cyrène jusqu'à Alexandrie, en vivant de prostitution. Vieillie et fanée, portant, dit Procope, sur son corps et sur son visage les

flétrissures de la débauche, elle put enfin
revenir à Constantinople entre sa vingtième
et sa vingt-cinquième année. La prédiction
d'une sorcière, confirmée par un songe,
engageait Théodora à retourner dans la
capitale. Elle avait rêvé qu'elle y épouse-
rait le prince des démons et qu'elle aurait
ainsi toutes les richesses de l'univers[1].

Ce prince des démons — ὁ Ἄρχων τῶν δαι-
μόνων — selon Procope qui croit à tout sauf
à la vertu des femmes, c'est Justinien.
Justinien était alors le plus puissant personnage de l'empire après l'empereur. Né
en Dacie (entre 483 et 489) d'une pauvre
famille de paysans, il avait été emmené
encore enfant à Constantinople par les
soins de son oncle Justin, qui, de simple
soldat, était devenu, grâce à de valeureux
services, comte, sénateur et commandant
de la garde impériale. Un savant moine,
nommé Théophile, fut chargé de Justinien
et lui donna une instruction conforme

1. Procope, *Histor. arcan.*, IX, XII

au rang élevé qu'occupait son oncle. Justinien parlait avec éloquence et écrivait
élégamment; il avait des connaissances en
musique et en architecture et était surtout versé dans le droit et la théologie.
Ambitieux à long terme, habile à distin-
guer le parti le plus fort et empressé
à le protéger, afin de s'en servir un jour,
connaissant les hommes et sachant les uti-
liser, peu scrupuleux dans le choix des
moyens, froid, patient, dissimulé, et jugeant
sainement qu'une position même subal-
terne dans le palais où s'ourdissaient tant
d'intrigues était un marchepied plus sûr
vers les suprêmes honneurs qu'une charge
importante dans les provinces, Justinien
avait quelques-unes des bonnes qualités et
presque toutes les mauvaises qu'il faut à
celui qui veut monter vite et haut. Il est
même présumable que ses conseils inté-
ressés ne furent point inutiles à son oncle
Justin pour garder si longtemps ses fonctions et pour obtenir enfin la pourpre
impériale après la mort d'Anastase (518).

Le nouvel empereur récompensa Justinien
en le nommant coup sur coup sénateur,
stratège, patrice, gouverneur (honorifique)
de l'Afrique et de l'Italie, stratélate, enfin
comte des gardes du palais[1]. Ce fut à
l'époque où Justinien était revêtu de toutes
ces dignités (vers 521) que la fortune mit
Théodora sur le chemin du neveu de l'empereur. Il s'éprit d'elle, et l'on peut croire
qu'il triompha facilement de sa vertu[2].

Au demeurant, il faut reconnaître que

---

1. Procope, *Histor. arcan.*, VI, VIII; *de Bello Persic.*, L,
11; Évagrius, IV, 1; Victor de Tunnes (*Patrologia*, t. LXVIII,
p. 952); *Chronique Paschale*, L, p. 315; Zonare, XIV, 5,
6; Ludewig, *Vita Justiniani*, p. 10-40, 125.

2. Il ressort du texte de Procope (*Histor. arcan.*, IX,
XII), que lorsque Théodora devint la maîtresse de Justinien,
celui-ci était déjà un personnage tout-puissant. Ce fut donc
postérieurement à l'an 518, date de l'avènement de Justin.
Nous savons d'autre part (Procope, X; Théophile, cité par
Alemanni, p. 415), que la tante de Justinien, l'impératrice
Euphémie, s'opposa à son mariage, et qu'il n'épousa Théodora qu'après la mort de la femme de Justin, arrivée en
523 ou 524. Ainsi la liaison de Justinien et de Théodora commença postérieurement à 519 et antérieurement à 524. Ludewig (*Vita Just.*, p. 148) et, après lui, Isambert (*Histoire de
Justinien*, I, p. 255) ont adopté la date intermédiaire de 521.

cette femme, pont la vue passait pour un présage funeste, ne fut point fatale à son amant. La première année de leur liaison, Justinien obtint le consulat, et il l'obtint dans des circonstances particulièrement heureuses. A cause des troubles provoqués en 520 par les rivalités des factions, on avait interdit les jeux pour tout le reste de l'année. C'était au nouveau consul de rouvrir l'arène, coup de chance qui établit la popularité de Justinien. La magnificence dont il fit montre dans cette occasion la porta au comble. Puisant sans mesure dans le trésor impérial qu'avaient accru les économies d'Anastase, il dépensa plus de huit millions de francs en jeux, en exhibitions d'animaux féroces, en distributions et en largesses de toute sorte[1]. Deux ans plus tard, le Sénat proposa officiellement à l'empereur de créer Justinien nobilissime, titre équivalent à celui d'altesse impériale, et qui désignait comme héritier du trône le

1. Malala, p. 419; Théophane, p. 146; Marcellinus, édit. Sirmond, p. 60.

personnage auquel il était conféré. Justin
ratifia le décret sénatorial[1]. De plus en plus
puissant, Justin obtint pour Théodora le
titre de patrice, le premier après celui de
nobilissime dans la hiérarchie nobiliaire.
Théodora conquit ainsi un crédit considérable, grâce auquel, en raison du nombre de
solliciteurs et de plaideurs qui affluaient à
Byzance, elle amassa d'énormes sommes
d'argent[2]. Une loi de Justinien devait dans
la suite étendre les privilèges impériaux aux
biens privés de Théodora[3].

Ces richesses, ce titre de patrice, ce
n'était pas encore assez pour Théodora,
aux yeux de Justinien fou d'amour. Il
voulait l'épouser. Mais sa mère le sup-
pliait de renoncer à ce mariage, et sa tante,
l'impératrice Euphémie, s'y opposait de tout
son pouvoir. De plus, une loi ancienne portait qu'un citoyen parvenu à la dignité
de sénateur ne pouvait épouser une comé-

---

1. Evagrius, IV, 9; Malala, p. 419.
2. Procope, *Histor. arcan.*, IX.
3. *Codex*, VIII, 37, 3.

dienne, ni la fille d'une comédienne, ni
toute personne abjecte ou de basse extrac-
tion [1]. Euphémie étant morte en 523, Justinien obtint de l'empereur l'abrogation de
la loi, et, sans égard pour les larmes de
sa mère qui, dit-on, mourut de chagrin,
il épousa publiquement Théodora [2].

Trois ans plus tard, le vieux Justin, déjà
plusieurs fois sollicité par le Sénat d'associer Justinien à l'Empire, mais qui, jusque-
là, croyait encore avoir de longs jours de
vie, se sentit près de mourir. Le jeudi
saint, 1er jour d'avril 527, l'empereur manda
dans sa chambre d'agonisant Justinien et
Théodora et, en présence d'une députation
du Sénat, il leur donna le titre d'Augustes.
Le jour de Pâques suivant, les deux époux
furent solennellement couronnés à Sainte-
Sophie par le patriarche Épiphane. Ils allèrent ensuite recevoir la consécration populaire dans l'Hippodrome, qui, en certaines

---

1. Rescrit de Constantin, *Codex*, V, 4, 23.
2. Procope, *Histor. arcan.*, X. Cédrendus, I, p. 366.

circonstances, servait de forum. Pas un murmure, pas un mot de blâme ne s'éleva de la foule. Au contraire, des acclamations unanimes accueillirent Justinien et sa femme, et le peuple les porta en triomphe jusqu'au palais impérial [1]. Nul dans le Sénat, remarque Procope, nul dans le sacerdoce, nul dans le peuple, à qui Théodora s'était prostituée à cette même place où on l'acclamait, nul dans l'armée ne parut s'indigner de cette honteuse comédie [2].

Justin mourut quelque temps après le couronnement; la translation du pouvoir se fit sans troubles. Théodora la funambule, Théodora la courtisane, était désormais l'impératrice des Romains, et les magistrats,

---

[1]. Procope, *Hist. arcan.*, X ; Marcellin p. 61 ; Evagrius, IV, 9 ; Malala, p. 422 ; *Chronique Paschale*, p. 316-317 ; Théophane, p. 146 ; Zonare, XIV, 5 ; Ludewig, p. 150.

[2]. Procope, *Histor. arcan.*, X. — Le moine Aimoin, (*De Gest. Franc.*, II, 5), prétend que cette cérémonie souleva l'indignation du peuple qui fit une émeute. Mais, comme l'a démontré Alemanni dans ses notes de Procope, le bon moine a confondu cette prétendue révolte avec celle des Nikates qui eut lieu cinq ans plus tard.

les évêques, les gouverneurs des provinces, les chefs des armées lui prêtaient serment en ces termes : « Je jure par le Dieu tout-puissant, son Fils unique Notre Seigneur Jésus-Christ, et le Saint-Esprit, par la glorieuse Marie toujours vierge, par les quatre Évangiles que je tiens en mes mains, et par les saints archanges Michel et Gabriel, d'être fidèle à nos maîtres très sacrés Justinien et sa femme Théodora [1]. »

1. Justinien, *Novella*. VIII

V

Que Théodora ait été dans sa jeunesse l'infâme prostituée dont nous avons esquissé le portrait d'après Procope, ou que sa naissance obscure et sa vie retirée aient donné prise, par l'ignorance même où chacun en était, à toutes les calomnies d'un annaliste secret, on est embarrassé de décider.

L'axiome de droit : *Testis unus, testis nullus*, a aussi son autorité en histoire. Et quel est ce témoin unique qui dépose contre

Théodora ? Un écrivain tour à tour historio-
graphe et pamphlétaire du même règne, apo-
logiste hyperbolique et détracteur passionné,
selon qu'il veut obtenir des bienfaits ou se
venger de ses disgrâces. Quelle crédibilité
accorder à l'homme qui, après avoir rendu
justice à l'empereur dans *la Guerre des
Perses*, dans *la Guerre des Vandales*, dans *la
Guerre des Goths*, et après avoir écrit le livre
des *Édifices* pour glorifier Justinien, a écrit
l'Histoire secrète pour le vouer à l'exécration ? qui, après avoir dit : « Justinien est
le père de ses sujets, le modèle des souverains ; — tout est divin en lui ; — c'est un
ange envoyé du Ciel pour le salut de l'Empire et de l'humanité ; — que sont auprès
de ses victoires les jeux d'enfants de Thémistocle et de Cyrus [1] ? » déclare que ce
même Justinien a commis tous les forfaits,
ruiné l'Empire, détruit la puissance romaine,
l'appelle âne, le compare à Domitien, affirme
enfin que c'est un démon sous la forme hu-

---

1. Procope, *De Ædific. Praef.*

maine et entreprend sérieusement de le
prouver [1]? La palinodie a paru si prodigieuse que plusieurs critiques du xviie siècle,
du xviiie siècle et du nôtre même, ne pouvant
croire à cet excès d'impudence, ont conjec-
turé que Procope n'est pas l'auteur de l'*Histoire secrète* [2]. Bien qu'ils aient invoqué à
l'appui de cette opinion des arguments assez
sérieux, le témoignage de Nicéphore Calliste
et de Suidas fait foi [3], et il reste établi que

1. Procope, *Histor. arcan.*, VI, VII, VIII, XII; et *passim*.

2. D'abord Eichel, trente ans après la publication de
l'*Histoire secrète* ou *Anekdota*, qui ne fut éditée, comme
on sait, qu'en 1623, par Alemanni, d'après un manuscrit
de la Vaticane; puis, La Ravallière; enfin, Reinkens. Voir
sur la question, Isambert, Introduction aux *Anekdota*; Debidour, *de Théodora*, p. 1, 12.

La principale objection, contre l'attribution à Procope de
l'*Histoire secrète*, est qu'aucun de ses contemporains ne fait
mention de cet ouvrage. Mais un tel livre ne devait nécessairement pas courir les rues. Quant à l'excès de la palinodie, si prodigieuse qu'elle paraît invraisemblable, Procope s'en est expliqué lui-même — assez gauchement du
reste — dans la préface de cette *Histoire secrète*.

3. Nicéphore Calliste (XVIII, 10) cite l'*Histoire secrète* comme une sorte de réfutation faite par Procope de ses
autres ouvrages, et Suidas (s. v. Προκόπιος) dit que ce
livre contient des injures contre Justinien et Théodora.

les *Guerres*, les *Edifices* et les *Anekdota* sont
du même écrivain. Cette chronique scandaleuse n'en est point d'ailleurs beaucoup plus
digne de créance. L'*Histoire amoureuse des
Gaules*, les libelles contre Marie-Antoinette,
les *Mémoires* du comte de Viel-Castel n'ont
rien d'apocryphe. On ne s'avisera pas cependant de les citer comme autorités.

Quand Procope en arrive à parler de Théodora impératrice, on peut consulter sans
risque l'*Histoire secrète*, car on est à même
d'y démêler le vrai et le faux en la confé-
rant avec les autres ouvrages de Procope,
les écrits des auteurs ecclésiastiques, les
Chroniques de la *Byzantine*. Si l'on oppose
ainsi aux assertions de Procope pamphlétaire celles de Procope historien et celles des
chroniqueurs, on surprend nombre de fois
l'auteur de l'*Histoire secrète* en flagrant délit
d'imposture. Sans doute, il ne ment pas
toujours. Bien des faits qu'il raconte sont
rapportés par Malala, par Théophane, par
la *Chronique paschale*. Il exagère, il amplifie,
il dénature, mais il y a souvent un fond

d'exactitude dans son histoire. Malheureusement, pour ce qui regarde son récit des premières années de Théodora, on manque de
tout élément sérieux de contrôle, puisque les
rares témoignages qu'on peut opposer à
celui de Procope émanent d'écrivains d'une
époque très postérieure, qui sont par con-
séquent sans grande autorité.

Le Pseudo-Gordien dit que Théodora était
d'origine patricienne, de l'illustre famille
Anicia [1] : voilà pour détruire la légende de
la funambule. Zonare et Nicéphore Calliste
disent que Théodora est née dans l'île de
Chypre [2] : voilà pour détruire la légende du
cirque des Verts, — à moins d'admettre,
ce qui est possible, qu'Acacios, le père de
Théodora, vint de Chypre à Constantinople
et y devint gardien de cirque. L'auteur ano-
nyme des *Antiquités de Constantinople* dit que
l'impératrice fit élever l'église de Saint-
Pantalémon sur l'emplacement d'une pauvre

---

1. Pseudo-Gordien, cité par Alemanni, p. 379.
2. Nicéphore Calliste, XVI, 39; Zonare, XIV, 6.

demeure où elle avait vécu naguère du pénible métier de fileuse de laine[1] : voilà pour
détruire la légende de la courtisane, — à
moins d'admettre, ce qui est également
possible, qu'à son retour de la Pentapole,
où elle s'était fait oublier du monde galant
de Byzance, Théodora vécut quelques années à Constantinople dans la retraite et le
travail.

Ces témoignages sont donc de peu de
poids. D'autre part, si, comme nous l'avons
dit, on doit reconnaître la véracité relative
de Procope dans la partie de l'*Histoire
secrète* qui concerne le règne de Justinien,
comment admettre que les pages qui relatent
la jeunesse de Théodora soient de pure invention? C'est là, au point de vue critique,
la seule raison — et elle a bien sa valeur —
qui puisse faire tenir pour véridiques les
récits de Procope sur les débauches de la
future impératrice. Quant à l'argument de

---

1. *Descriptio Constantin.*, Banduri, *Imperium Orientale*
I, 3ᵉ part., p. 47.

Gibbon, que ces accusations sont trop invrai-
semblables pour qu'on ait pu les inventer [1];
il est assurément plus spécieux que solide.

A défaut de témoignages certains, il reste
du moins des présomptions contre la véracité de Procope. S'il est vrai que Théodora
ait été la vile prostituée dont le renom infâme était tel qu'on se détournait dans les
rues pour la fuir, comment admettre que
Justinien, sénateur, comte des gardes, et
visant à la pourpre, ait osé prendre publiquement cette femme pour maîtresse, la faire
créer patrice et enfin l'épouser ? N'était-ce pas
jouer sa popularité, se compromettre dans
le Sénat, perdre le trône ? Comment admettre
encore que pas un cri de dégoût, pas une
protestation indignée n'ait accueilli cette
étrange union ? A la vérité, Procope nous
dit que l'impératrice Euphémie s'y opposa
tant qu'elle vécut ; mais un contemporain,
le moine Théophile, qui rapporte que la
mère de Justinien n'y voulait pas non plus

---

1. Gibbon, *Décadence de l'Empire*, t. VII, p. 467.

consentir, nous apprend la cause de son refus. C'était parce qu'un magicien lui avait prédit que cette femme qui était « belle, très habile, très instruite et d'un caractère dominateur », serait la « *daemonodora* de Justinien et de l'Empire [1] ». Il s'agissait donc non d'une réprobation du passé de Théodora mais de craintes sur sa conduite future. Procope prétend qu'il fallut que Justin abrogeât la loi de Constantin, défendant les mariages entre sénateurs et comédiennes, pour que Justinien pût épouser Théodora Or il semble certain que l'abrogation de cette loi doit être restituée à Justinien, et qu'elle est de dix années postérieure au mariage de Théodora [2]. N'y a-t-il pas à s'é-

---

1. Théophile, *Vita Justiniani*, citée par Alemanni, p. 415.
2. Debidour, *de Theodora Justiniani Augusti uxore*, p. 17-19. Cf. Isambert, *Histoire de Justinien*, II, 265-266. — M. Debidour réfute Alemanni par ces arguments qui paraissent concluants: La loi abrogeant le rescrit de Constantin se trouve dans la seconde édition du *Code* qui parut seulement en 534, et ce recueil l'attribue à Justinien et non à Justin. Alemanni qui donne arbitrairement à cette loi la date de 523 y joint, en outre, deux passages de *Novellœ*, publiées seulement, l'une en 535, l'autre en 541.

tonner aussi que, le jour de la révolte des
Nikates, la populace, qui prodiguait toutes
les invectives à Justinien, n'ait pas ramassé
quelque injure immonde dans la vie passée
de l'impératrice pour la jeter à la face de
son époux? N'est-il pas surprenant enfin
qu'aucun chroniqueur byzantin ne parle de
la jeunesse de Théodora, et plus surprenant
encore que les écrivains ecclésiastiques, les
Cyrille, les Pélage, les Évagre, les Victor de
Tunnes, les Libérat, les Anastase, les Nicéphore Calliste, tous si hostiles à l'hérétique
ennemie du concile de Chalcédoine, ne
fassent point intervenir parmi leurs malédictions les souvenirs de cette abominable
renommée qui avait empli Constantinople?

VI

Le règne de Justinien s'annonce comme
un grand règne. A Constantinople, dans les
provinces, sur les frontières s'élèvent de
nouveaux édifices et de nouvelles forteresses.
Le faubourg des Syques (les Figuiers),
agrandi et embelli, devient le quatorzième
quartier de la cité ; la ville de Palmyre re-
naît de ses ruines, plus magnifique qu'auparavant ; une nouvelle couche d'inscriptions,
témoignant de la puissance de l'empereur
et de l'ordre de l'Empire, couvre la Grèce,

l'Asie Mineure, le littoral de l'Afrique jusqu'aux Colonnes d'Hercule. Le savant Tribonien, nommé questeur, entreprend avec dix-sept jurisconsultes la recension des lois romaines. Le code justinianéen règne dans tout l'Empire. Les rapports de l'Église et de l'État, les préséances entre l'évêque de Rome et le patriarche de Constantinople sont réglés. Bélisaire et Sittas, dont Justinien a eu le mérite de découvrir les qualités militaires alors qu'ils servaient sous ses ordres comme officiers subalternes de la garde de Justin, tiennent tête aux Perses et terminent la guerre qui durait depuis trente ans. D'autres généraux, Germain, Pierre, Cyriaque, soumettent les Tzanes, battent les Barbares qui s'étaient avancés en Arménie, et repoussent les Esclavons au delà du Danube. La grande politique de Justinien, qui consiste à faire des vassaux des peuples dont il ne peut faire des sujets, commence à porter ses résultats. Mondon, capitaine renommé, fils du roi des Gépides et issu de la race d'Attila, envoie sa soumission et se met avec ses troupes à la solde de Justinien. Gordas, roi des Huns de la Chersonnèse, Gretès, roi des Hérules, entrent dans l'alliance impériale. Sur tous les points, les vastes frontières de l'Empire sont à l'abri des insultes des Barbares. Que dit le peuple ? Le peuple acclame le nouvel empereur, qui, l'année de son avènement, a pris pour la seconde fois le titre de consul et a inauguré son nouveau consulat par les courses et les spectacles les plus magnifiques qu'on eût encore vus dans l'Hippodrome [1].

Ces courses de chars, importées d'Olympie à Rome et de Rome à Constantinople, passionnaient le peuple des grandes villes de l'Empire. Cette passion dominait et remplaçait toutes les autres. Les Gréco-Romains du VI° siècle mettaient aux rivalités, aux luttes parfois sanglantes des hippodromes, l'ardeur qui les animait naguère dans les élections et les discussions de l'agora et du forum. Les courses satisfaisaient à la fois les pas-

1. *Codex* I, 1 et *passim*. Procope, *de Bello Persic.*, L, XIII-XXII ; *De Ædific*, II et III, *passim.* ; Malala, p. 425-445 ; Théophane, p. 147-162.

-sions politiques, l'amour des spectacles et la
folie du jeu. La population formait deux
associations rivales, qui prenaient leur nom
de la couleur des tuniques des cochers. Il
y avait la faction verte et la faction bleue.
Chacune avait ses chefs, son trésor, son amphithéâtre particulier, ses chevaux, ses chars
et son personnel de cochers, de funambules,
de montreurs de fauves, d'employés de toute
sorte; chacune formait une milice munici-
pale possédant sa bannière et ses insignes,
ses fonctions et ses prérogatives [1]. On a prétendu que chacune des deux factions représentait tel ou tel principe politique, telle ou
telle opinion religieuse [2]. C'est une simple
conjecture à quoi l'on pourrait opposer plus

1. Cf. Procope, *de Bello Persic.*, I, xxiv. Cassiodore, *Var.
Epist.*, iii, 51. Lebeau, *Histoire du Bas-Empire*, viii, p. 184.
Krause, *die Byzantiner des Mittelalters*. Rambaud, *le Sport
et l'Hippodrome à Constantinople (Revue des Deux Mondes,
15 août 1871)*, etc. — A l'origine, il y avait quatre factions,
les Bleus, les Verts, les Rouges et les Blancs; au vi° siècle,
elles s'étaient réduites à deux.

2. Baronio, *Annales Ecclésiast.*, IX, p. 534. Paparrigopoulo,
Histoire de la Civilisation hellénique, p. 157-160.

d'un fait. Cependant, comme l'empereur, qui avait les mêmes passions que ses sujets, avouait généralement ses sympathies pour l'un ou l'autre parti, il arrivait que les mécontents se mettaient parfois dans le parti adverse. Ainsi, sous un empereur qui était Bleu, la victoire des Verts devenait un triomphe pour l'opposition. Mais cette opposition, à mieux dire cette fronde, ne reposait sur aucun principe et n'avait d'autre but, en général, que le remplacement d'un ministre ou d'un préfet. Les Constantinopolitains ne pensaient pas à revenir à la république.

Marc-Aurèle se félicitait de n'avoir jamais eu la tentation de favoriser les Bleus ou les Verts. Justinien n'avait pas cette sagesse. Il tenait pour les Bleus, et non plus que Théodora, qui avait les mêmes sentiments, il ne cachait ses préférences. Les principaux magistrats de l'Empire, qui brillaient plus par leurs talents que par leurs vertus, profitaient des sympathies des souverains à l'égard d'un parti pour accabler le parti

adverse d'injustices, d'exactions et de mauvais traitements. Ces hommes sachant que
les plaintes des Verts seraient mal accueil-
lies au palais, bravaient sans risque la
haine et les malédictions. Il n'y avait pour
les Verts aucune garantie dans l'administration, aucune équité dans les tribunaux. De
leur côté, les Bleus, sûrs de l'impunité,
molestaient les Verts en toute occasion. Les
partis ainsi surexcités en venaient aux mains;
le sang coulait souvent dans les rues. On
pouvait craindre le retour des désordres de
l'année 520, qui avaient été si rigoureuse-
ment réprimés par le préfet Théodote à
Constantinople et par le préfet Éphrem à
Antioche [1]. Justinien savait-il dans quel
état se trouvait la capitale ? L'empereur
vivait comme isolé dans cet immense palais;
les bruits de la grande ville n'arrivaient pas
jusqu'à lui. Sans doute il ne connaissait des
événements qui s'y passaient et de l'opinion

1. Procope, *de Bello Penic.*, I, 24 ; *Histor. arcan.*, VII.
Malala, p. 416. Théophane, p. 151; Victor de Tunnes, p. 947.

qui y régnait que ce que lui en apprenaient les rapports plus ou moins mensongers des fonctionnaires.

Mais il y avait à Constantinople un lieu où s'étaient réfugiées les dernières libertés romaines, où le peuple pouvait librement faire entendre sa voix à l'empereur. C'était l'Hippodrome, forum, tribunal suprême et Capitole de la seconde Rome.

16

VII

Le 13 janvier 532[1], premier jour des
ides de l'année, une foule plus nombreuse
encore qu'à l'ordinaire envahit l'Hippodrome. Cent mille spectateurs prennent
place sur les gradins et se pressent dans
les promenoirs. On commence les cris et
les chants, on déploie les bannières bleues et
vertes des factions. Bientôt le patriarche, les

1. Jean Malala, p. 473 ; *Chronique Paschale*, p. 336. Cf.
Muralt, *Chronologie byzantine*, p. 156-157.

patrices, les ducs, les comtes, les exarques
occupent les loges qui leur sont réservées.
Des détachements des quatre corps de la
garde impériale, scholaires, domestiques,
cubiculaires et silentiaires, dont resplendis-
sent les casques et les cuirasses rehaussés
d'or, viennent se ranger autour de leurs
étendards sur la terrasse du Py. Les portes
de bronze du Kathisma s'ouvrent; Justinien,
entouré de ses grands officiers et suivi de
gardes et d'eunuques, s'avance au bord de
la tribune. Il porte le sceptre et la couronne. Les acclamations et les murmures
éclatent et se confondent dans une immense
clameur. Justinien appelle la bénédiction
divine sur le peuple en traçant le signe de
la croix avec le pan de sa trabea de
pourpre.

Les chars entrent dans l'arène. Les acclamations cessent parmi les Bleus; les rumeurs
continuent dans l'amphithéâtre des Verts.
Justinien patiente et feint de ne rien entendre. Mais, les murmures et les cris deve-
nant plus nombreux et plus significatifs, il

donne l'ordre à l'un de ses officiers, nommé le *mandator*, d'interpeller le peuple. Les Verts sont d'abord intimidés, et c'est respectueusement, presque humblement qu'ils formulent leurs plaintes :

« — Un grand nombre d'années à toi, ô Auguste Justinien ! Tu vaincras. Mais nous souffrons toute sortes d'injustices, ô toi qui es seul bon, et, Dieu le sait ! nous ne pouvons en supporter davantage. Nous n'osons pourtant nommer notre oppresseur, de peur que sa faveur n'augmente et que nous ne courrions de plus grands dangers encore.

— S'il se passe de telles choses, je n'en sais rien, répond prudemment Justinien par la voix du mandator [1]. »

A ces mots, le porte-parole des Verts le prend sur un autre ton, et le plus étonnant dialogue s'engage entre Justinien, les Verts et les Bleus, qui ne tardent pas à intervenir. Les formules serviles se mêlent aux invectives, les cris de colère aux plaisanteries

[1]. *Chronique Paschale*, p. 336 ; Théophane, p. 155. Cf. Malala, p. 474.

ironiques, les invocations à Dieu aux plus horribles blasphèmes. Questions et réponses, plaintes et menaces se succèdent comme les strophes et les antistrophes d'un chœur tragi-comique.

« — Quoi! tu ne sais rien ? dit le porte-parole des Verts. Quoi! sainte mère de Dieu ! tu ne sais pas que celui qui nous opprime sans relâche est un officier de ton palais ?

— Aucun d'eux ne vous a offensés.

— Notre bourreau, c'est Calopodios, le chambellan et le gardien du glaive, ô notre maître à tous.

— Mais Calopodios ne s'occupe pas de vous.

— Ah ! qu'il ne recommence pas ! Il aura le sort de Judas, Dieu lui donnera la récompense qui lui est due.

— Êtes-vous venus dans l'Hippodrome pour insulter les magistrats ?

— L'injuste aura le sort de Judas.

— Taisez-vous, juifs, manichéens, samaritains !

16.

— La mère de Dieu nous protège !

— Je vous dis, reprend le mandator en raillant, de vous faire baptiser jusqu'au dernier.

— Qu'il soit fait comme tu l'as ordonné, ripostent les Verts, en raillant aussi. Qu'on apporte ici l'eau lustrale, nous voulons être baptisés jusqu'au dernier.

— Méprisez-vous la vie ? s'exclame Justinien, devenu furieux.

— Chacun y tient. Si nous disons quelque chose qui te déplaise, ne t'en offense pas, ô trois fois Auguste. Dieu n'écoute-t-il pas tout avec patience ?... Mais dis-nous pourquoi il n'y a pas de justice pour les Verts.

— Vous mentez !

— Qu'on supprime la couleur que nous portons, et les tribunaux n'auront plus rien à faire. Il y a eu un meurtre ce matin ; c'est certainement quelqu'un de nous qui l'a commis... Nous sommes toujours condamnés. Tu es la fontaine de sang. Plût à Dieu que ton père ne fût jamais né, il n'eût pas engendré un assassin.

— Vous allez mourir ! »

Les Bleus interviennent alors :

« — Vous seuls êtes des assassins !

— Non, c'est vous !

— Non, c'est vous, vous seuls !

— Qui a donc, hier, tué le marchand de bois ?

— C'est vous !

— Qui a tué le fils d'Épagathos ?

— C'est vous, encore vous !

— O Dieu ! ayez pitié ! il n'y a plus de vérité.

— Dieu est étranger au mal, reprend sentencieusement, par la bouche du mandator, Justinien qui ne perd pas de vue ses idées théologiques.

— Si Dieu est étranger au mal, pourquoi vivons-nous dans l'oppression ? Qu'on appelle un philosophe ou un solitaire pour résoudre la question.

— Blasphémateurs ! ennemis de Dieu, vous tairez-vous ?

— Si tu trouves que nous en avons dit assez, nous nous tairons, ô trois fois Au-

guste... l'orte-toi bien, Justice ! Maintenant
tes arrêts sont nuls. Nous désertons et nous
nous faisons juifs. Mieux vaut devenir gen-
tils que d'être menés par les Bleus, Dieu le
sait !

— Horreur ! s'écrient les Bleus. Nous ne
voulons pas regarder de ce côté. Quelle envie
on nous porte ! quel outrage on nous fait !

— Qu'on déterre un jour les ossements
de ceux qui resteront plus longtemps à ce
spectacle ! » s'écrient d'une seule voix les
Verts, et après avoir proféré cette impré-
cation, ils quittent tous l'Hippodrome[1].

C'est la plus grave offense à la majesté
impériale. Justinien rentre aussitôt dans
son palais, et les Bleus se retirent à leur
tour. On n'était encore qu'au milieu de la
journée. Le préfet Eudémon, irrité de la
scène qui s'est passée au cirque et dont il
craint de porter la responsabilité, veut
faire un exemple et surtout veut faire du

---

1. Théophane, p. 155-156; *Chronique Paschale*, p. 136-
137.

zèle. Par ses ordres, on arrête trois individus plus ou moins soupçonnés d'être les
assassins du marchand de bois et du fils
d'Épagathos. On les juge sommairement et
on les condamne à mort. Des soldats de
police les entraînent dans le vieux Byzance,
sur la place des exécutions. Devant une
masse de peuple qui contient à peine sa
fureur, le bourreau pend le premier condamné. La corde casse sous le poids du
second. La population applaudit, se jette
sur les gardes, délivre le patient ainsi que
le troisième prisonnier. On les jette dans
une barque qui les dépose sur l'autre rive
du Bosphore, où ils trouvent un asile dans
l'église de Saint-Laurent[1].

Des deux condamnés, l'un appartenait à
la faction bleue, l'autre à la faction verte.
Bleus et Verts, le matin encore ennemis
déclarés, font cause commune. Malgré la
nuit, une foule tumultueuse se porte de-

---

1. Procope, *de Bello Persic.*, I, 24; Malala, p. 474;
Théophane, p. 157.

vant le palais impérial pour demander
la grâce des prisonniers. L'empereur ne
donne pas signe de vie. La populace s'a-
meute alors devant le palais du préfet
Eudémon. Celui-ci la fait charger par ses
gardes. Un combat s'engage ; les soldats
sont massacrés, on met le feu au prétoire.
Poussée par le vent, la flamme gagne les
maisons voisines. Les émeutiers courent
aux prisons, en brisent les portes et jettent
hors des geôles l'armée des scélérats. Cette
écume humaine se rue au pillage et à l'incendie, hurlant : « Νίκα ! Νίκα ! (Sois vainqueur !) » cri de ralliement adopté par les
émeutiers [1].

Le lendemain, 14 janvier, le flot populaire battait les portes du palais. Deux personnages de la cour tentent de parlementer
avec les rebelles. Mille voix crient : « Tribonien ! Jean de Cappadoce ! Eudémon ! Calopodios ! » Dans l'espoir d'apaiser le peuple,

---

1. Procope, *de bello Persic.*, I, 24 ; Malala, p. 474 ;
Théophane, p. 157.

Justinien destitue ces quatre magistrats et fait aussitôt proclamer les noms de leurs successeurs. Vains expédients d'un pouvoir éperdu ! La sédition s'est faite révolte. Il ne s'agit plus des créatures de Justinien, il s'agit de l'empereur lui-même. Ses concessions ne désarment pas la multitude furieuse.[1]

Le 15 janvier, Justinien, qui hésite entre toutes les mesures, donne l'ordre de réduire l'insurrection par la force. Les Hérules de Mondon, troupe sûre dans les émeutes comme tous les mercenaires, mais sauvage et féroce, sortent du palais et chargent les rebelles. Dans le feu de l'action, les Barbares renversent des prêtres, porteurs de saintes reliques, intervenus pour séparer les combattants. On crie au sacrilège; les femmes, les citoyens paisibles, qui jusque-là étaient restés neutres, prennent parti pour les séditieux. Des fenêtres, des toits en terrasse, une grêle de tuiles, de

---

1. Procope, *de Bello Persic.*, I, 24 ; Théophane, p. 157.

pierres, d'ustensiles, de tisons enflammés, tombe sur les soldats de Mondon. Ils se retirent en désordre vers le palais[1].

Les deux jours suivants, 16 et 17 janvier, le feu fait de nouvelles ruines, les rebelles font de nouvelles victimes. On égorge ou l'on jette au Bosphore tous les individus soupçonnés d'être partisans de l'empereur. On incendie le quartier des orfèvres après en avoir pillé les maisons. La population riche émigre en masse et se réfugie sur la rive d'Asie. Des flots de feu brûlent sur tous les points de la ville. Les flammes consument des milliers de maisons et d'édifices : Sainte-Sophie, Sainte-Irène, Saint-Théodore, Sainte-Aquiline, les bains d'Alexandre, l'Octogone, les Thermes du Zeuxippe avec toutes ses statues, l'asile d'Eubule, le portique public, le grand hôpital, qui retentit d'horribles hurlements[2].

Le 18 janvier, sixième jour de l'insurrec-

---

1. Malala, p. 475 ; Théophane, p. 157.
2. Procope, de Bello Persic., I, 24 ; Chronique Paschale, p. 337-338. Théophane, p. 157.

tion, l'eunuque Narsès était parvenu à soudoyer un certain nombre de Bleus, afin de faire renaître la division parmi les insurgés. Justinien crut que sa vue et une promesse d'amnistie apaiseraient le peuple révolté. La multitude tenait dans l'Hippodrome une assemblée tumultuaire. Soudain l'empereur, escorté de gardes nombreux, apparut à la tribune, tenant entre les mains le livre des Évangiles :

« — Par ce livre sacré, dit-il à haute voix, je jure que je vous pardonne l'offense que vous m'avez faite. Aucun de vous ne sera inquiété ni recherché si vous rentrez dans l'obéissance. » Et, continuant, Justinien abaissa la majesté impériale jusqu'à dire : « — Je suis seul coupable, vous êtes innocents. Ce sont mes péchés qui m'ont attiré ce malheur en fermant mes oreilles à vos trop justes plaintes. »

A ces mots, quelques cris de : « Victoire à Justinien et à son épouse, l'Augusta Théodora ! » se firent entendre dans la foule, bientôt couverts par les huées, les

17

menaces et les clameurs furieuses : « — Tu mens, âne ! — Mort au blasphémateur ! — Mort à l'assassin ! » Bien que l'escalade de la tribune semblât presque impossible, Justinien n'attendit pas davantage pour rentrer dans le palais [1].

Alors le peuple, pressé de se donner un nouveau maître, se porte vers la demeure d'Hypatius, neveu de l'empereur Anastase. L'ambition et la crainte luttent dans l'esprit d'Hypatius. Il hésite. Mais en vain sa femme, qui pleure, s'écrie qu'on le mène à la mort, les rebelles l'entraînent ainsi que son frère Pompée. Le cortège fait halte dans le forum de Constantin ; on élève Hypatius sur un bouclier, on le proclame empereur. Au défaut de diadème, on lui pose un collier d'or sur le front. La foule veut marcher incontinent sur le palais pour en finir avec le tyran déchu. Un sénateur, car plusieurs magistrats s'étaient ralliés à l'insurrection, arrêta cet élan. « Attendons,

1. Malala, p. 475 ; *Chronique Paschale*, p. 338.

dit-il, que nous ayons plus d'armes. D'ailleurs, Justinien ne songe pas à nous attaquer. Bientôt, il sera trop heureux de fuir pour sauver sa vie. Si nous ne nous pressons pas de combattre, nous triompherons sans combat. » On écoute l'avis, et pour continuer la parodie du couronnement, on entre dans l'Hippodrome. Hypatius, hissé sur la tribune impériale, reçoit les ovations de ses nouveaux sujets [1].

Cependant, au fond du Palais-Sacré, Justinien est dans des affres égales à celles de la mort. Concessions, résistance, menaces de châtiment, promesses de pardon, embauchage, humiliation de soi-même, il a tout employé; rien n'a réussi. Du côté de la Chalcé, les flammes environnent son palais; du côté de l'Hippodrome, il entend en tremblant les cris de mort proférés contre lui et les acclamations qui sacrent son successeur. On vient de piller l'arsenal, et les insurgés s'arment. Justinien n'est séparé

1. Procope, de Bello Persic., I, XXIV ; Malala, p. 475 ; Chronique Paschale, p. 338 ; Zonare, XIV, 6.

de la foule furieuse que par la porte de
bronze du Kathisma. Contre un peuple
entier que lui reste-t-il pour se défendre :
mille vétérans de Bélisaire, deux mille
Barbares de Mondon [1]. Quant à sa garde,
domestiques et cubiculaires, soldats d'anti-
chambre et comparses de processions, il n'a
jamais pu compter sur sa fidélité. Justinien,
qui fut un conquérant, — par l'épée des
autres, — n'avait pas le courage militaire.
Il n'avait pas davantage le courage civil.
Déjà il se voyait traîné à demi mort au
supplice, comme un Vitellius, au milieu des
coups et des huées.

Il réunit en un suprême conseil ses ministres, ses familiers, ses généraux, les
quelques sénateurs et patrices qui lui sont
restés fidèles. Chacun est appelé à dire sa
pensée devant les deux souverains. Le découragement a gagné les cœurs les plus
fermes. Aussi bien l'empereur ne demande
pas qu'on le conseille, il demande seule-

---

1. Procope, *de Bello Persic.*, I, xxiv; Théophane, p. 158.

ment qu'on approuve la dernière idée qui lui reste : la fuite. Depuis trois jours, un bâtiment où sont entassées toutes les richesses du trésor impérial, est à l'ancre près des jardins. Justinien s'embarquera avec l'impératrice ; Bélisaire et ses trois mille hommes essaieront, s'ils le peuvent, de réprimer l'émeute. En adoptant cette résolution, l'empereur eût sauvé sa vie, mais il eût perdu sa couronne. Avec si peu de monde, Bélisaire ne pouvait tenter un coup de désespoir qu'animé par la présence du souverain et mis dans la nécessité de périr ou de le sauver. Tous les assistants cependant, même Bélisaire et Mondon, approuvèrent le projet de Justinien[1].

Théodora n'avait encore rien dit. Soudain, indignée de la lâcheté de son mari et des défaillances de ses officiers, elle prononça ces vaillantes paroles : « — Quand il ne resterait d'autre moyen de salut que la fuite, je ne voudrais pas fuir. Ne sommes-

---

1. Procope, *de Bello Persic.*, I, XXIV. Cf. Théophane, p. 158.

nous pas tous voués à la mort dès notre
naissance? Ceux qui ont porté la couronne
ne doivent pas survivre à sa perte. Je
prie Dieu qu'on ne me voie pas un seul
jour sans la pourpre. Que la lumière s'é
teigne pour moi lorsqu'on cessera de me
saluer du nom d'impératrice! Pour toi,
Autocrator, si tu veux fuir, tu as des trésors, le vaisseau est prêt et la mer est
libre; mais crains que l'amour de la vie
ne t'expose à un exil misérable et à une
mort honteuse. Moi, elle me plaît, cette
antique parole, que la pourpre est un beau
linceul[1]. »

L'éloquence virile de Théodora ranime
les courages et enflamme les cœurs. Bélisaire retrouve son coup d'œil de capitaine.
Les rebelles se sont enfermés dans l'Hippodrome comme en une forteresse; ce sera
leur tombeau. La pourpre d'Hypatius sera
le sang de ses partisans. Trois mille hommes
fidèles, Hérules de Mondon et vétérans de

---

1. Ἐμὲ γάρ τις καὶ παλαιὸς ἀρέσκει λόγος; ὡς καλὸν
ἐντάφιον ἡ βασιλεία ἐστι. Procope, de Bello Persic., I, 24.

Bélisaire, cernent le cirque ; les uns s'em-
parent des issues, les autres gagnent par
les escaliers intérieurs les promenoirs qui
règnent au-dessus des gradins. De cette
position dominante, ils criblent de flèches
les partisans d'Hypatius, qui se pressent
dans l'arène. Les plus hardis des rebelles
tentent plusieurs fois l'assaut ; ils sont chaque fois repoussés. La foule veut fuir par
les *vomitoria*, mais ce sont autant de défilés
où dix hommes en valent mille, et ils sont
gardés par les Hérules de Mondon. Les
premiers rangs des fuyards tombent sous
les piques : une muraille de morts obstrue
chaque ouverture. La multitude affolée tour-
noie en désordre sous la grêle des traits
jusqu'à ce qu'elle soit emprisonnée, immo-
bilisée par ses propres cadavres. Les soldats
descendent dans l'arène, les épées achèvent
l'œuvre des flèches. Ce combat misérable se
termine par l'égorgement. Le sang ruisselle
en torrents[1].

1. Procope, *de Bello Persic.*, I, 24 ; Malala, p. 476 ; *Chronique Paschale*, p. 339 ; Théophane, p. 158 ; Zonare, XIV, 6.

Le carnage continua jusque très avant
dans la nuit. Ivres de sang, les soldats barbares tuèrent tant qu'il resta à tuer. Les
jours suivants, il fallut enterrer trente mille
morts[1]. De tous ceux qui étaient dans l'Hippodrome, personne n'échappa, sauf Hypatius et son frère, que les soldats eurent la
cruauté d'épargner pour les traîner aux
pieds de Justinien. « — Trois fois Auguste,
s'écrièrent-ils en se prosternant, c'est nous
qui t'avons livré tes ennemis, car c'est par
nos ordres qu'ils se sont réunis dans le
cirque. » Justinien, qui ne tremblait plus,
avait recouvré sa présence d'esprit : « — C'est
bien, répondit-il avec un cruel à-propos;
mais puisque vous aviez tant d'autorité sur
ces hommes, vous auriez bien dû en user
avant qu'ils eussent brûlé ma ville. » Et il
commanda de mener au supplice les deux
neveux d'Anastase[2].

1. Trente mille, selon Procope; trente-cinq mille, selon Malala et la *Chronique Paschale;* quaran'e mille, selon Zonare.
2. *Chronique Paschale,* p. 340. Cf. Procope, *de Bello Persic.,*
I, 24 ; Malala, p. 476; Théophane, p. 158, et Zonare XIV, 6.

VIII

En ramenant Justinien et ses officiers aux
résolutions énergiques commandées par les
circonstances, Théodora avait mérité dans
le conseil de l'Empire la place que peut-être
elle avait usurpée jusqu'alors. Si l'on croit,
sur la foi de Procope, aux hontes de sa
jeunesse, du moins doit-on reconnaître que
l'ancienne funambule put désormais jouir,
sans la même confusion, de tout le luxe, de
toutes les adulations, de tous les honneurs dévolus à une impératrice d'Orient.

17.

Et qu'étaient-ce que ces monceaux d'or,
de perles et de pierreries, ce merveilleux
palais de la rive d'Asie (l'Héréon) où
Théodora résidait pendant l'été, ces thermes magnifiques où elle se reposait de
longues heures, cette foule de suivantes
et de serviteurs? Qu'étaient-ce que ces
hommages des grands de l'État et des ambassadeurs étrangers, qui n'approchaient
l'impératrice qu'après s'être prosternés et
lui avoir baisé les pieds? Qu'étaient-ce que
ces statues érigées à sa gloire, ces six
villes portant son nom : Théodorias, Théodora, Théodoropolis? Qu'étaient-ce que cette
cour de patrices, de sénateurs, de magistrats,
cette escorte de quatre mille gardes qui
accompagnèrent Théodora aux eaux chaudes
de Bithynie, ces arcs de triomphe élevés
sur son passage, ces palais construits pour
la recevoir[1]? Qu'étaient-ce que ces trésors,

---

1. *Novellæ*, VIII, XXIX; *Codex*, VIII, 37, 3; Procope,
Hist. arcan., VIII, IX, X, XIII, XIX, *de Ædific.*, XI, IV, VI,
VII, VI, V, Malala, p. 480; Théophane, p. 161, Agathias,
V, I.

ce faste, ces apothéoses, auprès de la puissance souveraine?

Justinien ne cachait pas qu'il s'en référait sur toute chose à l'impératrice; il le publiait même dans ses lois, où il nommait Théodora : « la révérendissime épouse que Dieu nous a donnée[1] ». Paul le Silentiaire, dans la dédicace du poëme sur Sainte-Sophie, rappelle à Justinien que la défunte impératrice a été pour lui « une fidèle collaboratrice[2] ». Procope, Évagre, Zonare, la plupart des chroniqueurs byzantins, s'accordent à dire que Théodora était non pas seulement l'épouse de Justinien, mais une impératrice souveraine, qu'elle était aussi puissante que l'empereur, sinon davantage : εἰμὴ καὶ μᾶλλον[3]. Des faits nombreux confirment ces témoignages, et d'ailleurs l'Em-

---

1. ... et hic quoque participem consilii sumentes eam, quæ a deo data est nobis reverendissimam conjugem. (Novella, VIII.)

2. Ἦν ζῶσαν εἶχες εὐσεβῆ συνεργάτιν. Paul le Silentiaire, Sanctæ Sophiæ descriptio, v. 461 (Édition de Du Cange).

3. Zonare, XIV, 6.

pire déclina après la mort de Théodora.
Donc, sans aller jusqu'à prétendre avec
Brunet de Presles, ce maitre ès choses de
Byzance, que Théodora « fût l'âme des
conseils de l'empereur [1] », il faut néanmoins
attribuer à cette femme une part importante dans l'œuvre de Justinien législateur,
architecte et conquérant.

Théodora, peu clémente aux hommes,
était connue pour sa sollicitude, sa miséri-
corde, sa faiblesse même envers les femmes [2].
C'est ainsi qu'elle se mêlait volontiers des
mariages et qu'elle intervenait dans les
ménages désunis. C'est ainsi qu'elle contraignit Artaban, gouverneur d'une province
d'Afrique, à vivre avec sa femme; qu'elle
accueillit avec faveur les malheureuses filles
d'Hildéric, roi des Vandales; qu'elle se montra trop indulgente pour Antonina, femme

1. Brunet de Presles, *la Grèce depuis la conquête romaine*,
p. 66.
2. Procope, *de Bello Goth.*, III, xxxi. *Hist. arcan.*, VIII,
IX, XVII ; et les notes d'Alemanni.

de Bélisaire[1]. Il semble donc que Théodora a inspiré à Justinien les nombreuses lois qu'il rendit en faveur des femmes : lois sur le divorce, l'hypothèque des femmes, la légitimation des enfants naturels, le rapt des religieuses, la répression du proxénétisme; lois libérant les comédiennes du servage perpétuel, autorisant les filles séduites à se faire épouser ou à exiger le quart des biens du séducteur, obligeant les dignitaires à constituer une dot à leur femme, réglant les droits des femmes dans les successions[2].

Magnifique comme l'était Théodora, on est assuré qu'elle ne chercha pas à arrêter Justinien dans ses immenses dépenses pour la reconstruction de la capitale détruite par les incendiaires. Loin de chercher à modérer chez l'empereur la passion de bâtisseur, elle faisait élever elle-même nombre d'édifices. On cite des forts, des églises, des or-

---

1. Procope, de Bello Goth., III, xxxi, de Bello Vandal., II, ix, Hist. arcan., I.

2. Codex, I, iv, 33, V, xvii, 2; Novellæ 4, 7, 14, 15, 22, 51, 72, 117, 134, 140, etc.

phelinats,. des crèches, des hôpitaux, .cons-
truits d'après ses ordres exprès, ainsi que
le fameux couvent du Bosphore pour les
filles repenties [1]. Parfois, la charité de Théodora allait jusqu'à la tyrannie. La légende
conte que quelques-unes des femmes qui,
rachetées de la prostitution par l'impératrice, avaient été enfermées à la *Métanoïa*,
furent prises d'un tel désespoir qu'elles se
jetèrent dans la mer [2].

Ce n'était point seulement à Constantinople que s'élevaient les palais et les basi-
liques. Les frontières de la Perse, la Syrie,
l'Égypte, la Cyrénaïque, la Numidie, l'Italie,
témoignaient par leurs nouveaux édifices
de la magnificence de Justinien. Tant de
millions perdus ! ou plutôt que d'or trans-
mué, par la plus belle des métamorphoses,
en monuments superbes, manifestations écla-
tantes du génie de l'homme ! Dans la mo-

---

1. Procope, *de Ædific.*, L, IX; V, III; *Histor. arcan.*,
XVII; Théophane, p. 158; *De antiquit. Constantinop.* (dans
Banduri, I, 3ᵉ partie, p. 47).
2. Procope, *Histor. arcan.*, XVII.

saïque de San-Vitale, à Ravenne, Théodora,
le front nimbé, apparaît éblouissante de
pierreries, de perles et de gemmes, comme
une vierge byzantine sur le champ d'or
d'un iconostase. Elle semble présider, sous
les yeux de son époux, à la naissance d'un
nouvel art grec qui durant de longs siècles
va rayonner sur le monde.

Les deux grandes guerres de conquêtes
de Justinien sont la guerre d'Afrique et la
guerre d'Italie ; du côté des Perses, il s'a-
gissait plutôt de protéger les frontières que
de les étendre. Les campagnes contre les
Vandales et contre les Goths, qui devaient
donner au règne de Justinien la gloire des
armes et rendre à l'Empire presque tous les
territoires qu'avait possédés l'ancienne Rome,
Théodora, ambitieuse et hardie, contribua
à les faire décider. L'esprit d'aventures,
peut-être aussi la vanité de l'emporter sur
les conseils pusillanimes de Jean de Cappadoce, qu'elle haïssait, et le désir de venger
son protégé Hildéric, roi des Vandales, dé-
trôné par Gélimer, l'engagèrent à pousser à

la guerre d'Afrique [1]. Pour l'expédition d'Italie, elle avait une autre raison. Ne pensait-elle pas que Rome soumise à ses armes, c'était le pape à sa discrétion, c'était le triomphe de ses opinions religieuses ? Les guerres engagées, on découvre souvent l'action toute-puissante de Théodora dans les ordres aux généraux et aux ambassadeurs, les rappels et les nominations, les envois de renforts, les négociations diplomatiques. On sent que les affaires sont menées par la petite main qui, au moment de la reprise des hostilités avec la Perse, signait cette lettre à Zabarganès : « Je suis convaincue, depuis la mission que tu as remplie auprès de nous, de l'intérêt que tu portes à nos intérêts. Tu répondras à cette opinion en persuadant au roi Chosroës de prendre envers notre empire (ἐς ἡμετέραν τὴν πολιτείαν) des dispositions pacifiques. Si tu y réussis, je te promets les plus magnifiques récom-

---

1. Procope, *de Bell. Vandal.*, I, x. *Histor. arcan.*, II, XVII. Théophane, p. 159-160.

penses de l'empereur, qui ne décide jamais
rien sans me consulter[1]. »

Jalouse de son pouvoir et sûre de sa puissance, cette femme ne souffrait pas qu'on
résistât à ses ordres, ni qu'on lui fît la
moindre opposition. Priscus de Paphlagonie,
devenu secrétaire intime de Justinien,
s'était emparé de la confiance de son maître
et affectait de ne considérer l'Augusta que
comme la femme de l'empereur. Théodora
chercha d'abord à le perdre dans l'esprit de
Justinien par des paroles calomnieuses.
L'empereur ne les écoutant pas, l'impératrice
fit une nuit saisir Priscus dans sa maison.
On l'embarqua incontinent pour l'Afrique,
où, dès son arrivée, il reçut les ordres de
prêtrise ; désormais, il ne pouvait plus exercer
aucune fonction civile. Justinien, qui n'aimait point à récriminer, surtout contre sa
femme, feignit d'ignorer cette insigne violence et ne tarda pas à oublier Priscus[2].

1. Procope, *Hist. arcan.*, II.
2. Procope, *Hist. arcan.*, XVI. Cf. Malala, p. 481.

Théodora ne haïssait pas moins Jean de
Cappadoce, nommé de nouveau préfet des
prétoires d'Orient après la répression de
l'émeute de 532. Mais, à l'égard d'un tel
personnage, elle ne pouvait employer des
procédés aussi simples. D'autre part, Justinien était sourd à toutes ses représentations,
à toutes ses prières, à toutes ses calomnies,
— en admettant, ce qui est douteux, qu'on
pût calomnier Jean de Cappadoce! Théodora
conçut une machination abominable. Antonina, qu'elle avait formée à être sa complice
docile et toujours prête, eut un entretien
secret avec Jean de Cappadoce; elle lui parla
des griefs de Bélisaire contre Justinien, du
mécontentement des grands et du peuple et
demanda au préfet d'entrer dans la conspiration qui se tramait pour déposer l'empereur. Séduit par les promesses et les flatteries, le Cappadocien accepta un rendez-vous
qui devait être décisif, dans une maison située
hors des murs. Justinien, que l'on n'avait
pas manqué de prévenir, envoya Narsès et
Marcellus, comte des gardes, pour assister,

invisibles, à l'entretien. Convaincu de trahison, Jean de Cappadoce fut destitué de
ses charges et dignités et exilé en Afrique.
Privé de tous ses biens par la confiscation
légale, il mourut dans la dernière misère[1].
Le piège que lui avait tendu l'impératrice
était odieux, mais l'indigne ministre méri-
tait tous les châtiments. Le peuple de Constantinople ne plaignit point l'homme, que
sa cupidité, son oppression, ses dénis de
justice avaient voué à l'exécration. Sa chute
fut une délivrance. Si l'on sut qu'on la
devait à Théodora, l'Augusta dut être
regardée ce jour-là comme une bienfaitrice.

Les colères de Théodora firent malheureusement d'autres victimes. Elle était sans
pitié pour ceux qui comprenaient mal ses
ordres ou qui ne les exécutaient qu'à demi,
afin de les concilier avec les instructions
parfois contraires de l'empereur. Le sang de
Callinice, d'Arsénius, de Rhodon, suppliciés

---

1. Procope, *de Bello Pers.*, I, 25 ; *Hist. arcan.*, II, XXVII,
XXI.

par ses ordres ou sur ses instances, crie contre
elle [1]. Quant aux exécutions secrètes que
Procope raconte avec « la haine d'un hébété »,
selon le mot de M. Taine [2], aux tortures et
aux fustigations dont Théodora se serait
plu à se donner le divertissement dans les
souterrains du palais, ces imputations paraissent rentrer dans ce que M. Ernest Renan
appelle « des commérages de villes grecques
d'une incroyable absurdité [3] ».

1. Procope, *Histor. arcan.*, XVII, XXVII. Cf. Victor de
Tunnes, édition Migne, p. 954.

2. H. Taine, *Voyage en Italie*, II, p. 215.

3. E. Renan, *Essais de morale et de critique*, p. 275. Cf.
Gibbon. *Décad. de l'Emp. romain.* VII, p 236. — Voir
l'appendice XIII.

IX

A l'exemple de Justinien, Théodora avait peu de scrupule dans l'emploi des moyens et dans le choix des individus. Elle ne regardait pas à la valeur morale du serviteur, pourvu qu'il servît bien. C'est ainsi que l'impératrice s'était attaché Antonina, la trop fameuse femme de Bélisaire. Ce grand capitaine, qui, en ces temps où les Barbares combattaient avec des masses de cent mille hommes, ne voulait leur opposer que de petites armées de soldats dis-

ciplinés et aguerris et qui était presque
toujours vainqueur, n'avait qu'un défaut ou
plutôt qu'une faiblesse : son amour pour
une femme indigne. Antonina était fille
d'un *hénioque* (cocher de cirque). Ce n'était
point là un déshonneur puisqu'on érigeait
des statues et qu'on dédiait des vers à ces
triomphateurs de l'Hippodrome, mais elle
avait été, disait-on, fille perdue, et elle était
femme adultère[1]. D'ailleurs, cette Antonina
était habile aux intrigues, de bon conseil,
vaillante même devant l'ennemi. Elle accompagnait Bélisaire aux armées, où, le
le bruit en courait, elle lui avait donné
souvent d'utiles avis[2].

1. Procope, *Hist. arcan.*, I, et *passim*. Il en est un
peu d'Antonina comme de Théodora. Il n'y a que les
Anekdota pour l'accuser, du moins à l'occasion de ses dérè-
glements. Dans les livres d'histoire de Procope, dans les
chroniques byzantines, on ne trouve rien qui confirme
ces tristes récits. Il y a toutefois quelques faits que l'on
peut, en une certaine mesure, rapprocher des dires de
l'*Histoire secrète*. C'est pourquoi nous reproduisons l'allé-
gation de Procope, tout en n'y croyant qu'à demi.

2. Procope. *Hist. arcan.*, I, II; *de Bello Vandal.*, I, 13;
Cf. Gibbon, *Décad. de l'Empire*, VII, 350.

Théodora avait d'abord repoussé les hommages d'Antonina; elle lui témoigna soudain beaucoup de faveur, la comblant
de présents et la nommant surintendante de
la garde-robe. C'est que la tyrannie ne va
pas sans le soupçon. Les grands succès
militaires de Bélisaire, sa popularité dans
l'armée et dans le peuple, inquiétaient les
souverains. On avait bien fait un César
d'un grossier soldat comme Justin, ne pou-
vait-on pas faire un empereur d'un conquérant comme Bélisaire? D'autre part, se
priver de ses services était dangereux, car
il fallait compter avec les Goths, avec les
Perses, avec les Vandales, avec tous les
Barbares qui menaçaient les frontières. Or,
dans l'étrange ménage de Bélisaire et d'Antonina, l'impératrice avait trouvé une sauvegarde, un moyen de gouvernement. En
s'attachant Antonina, Théodora s'attachait
Bélisaire, et par Bélisaire elle tenait Antonina à sa discrétion. Aider la femme à
cacher ses désordres, c'était gagner son
dévouement; posséder son secret, c'était

s'assurer sa fidélité[1]. Au reste, Théodora
n'eut garde d'abuser du pouvoir qu'elle
avait ainsi acquis sur Bélisaire. Le général
fut plusieurs fois relevé de son commandement pour divers motifs, — souvent pour
recevoir un commandement plus important,
— mais les deux disgrâces qu'il subit, et
dont l'une dura plus de huit années, furent
toutes deux postérieures à la mort de Théodora. Dès que Justinien régna seul, d'autres
capitaines remplacèrent à la tête des armées Bélisaire oublié. Il fallut l'arrivée des
Barbares sous les murs de Constantinople
pour rappeler à l'empereur que le vieux
soldat existait encore.

Quand Bélisaire commandait en Perse,
l'impératrice le fit, dit-on, relever de son
commandement. Voici à quelle occasion.
Justinien était gravement malade; le bruit
de sa mort se répandit dans l'armée d'Orient.
Des rapports vrais ou faux accusèrent Bélisaire d'avoir dit que l'armée n'accepterait

1. Procope, *Hist. arcan.*, I, II, III, IV, V.

pas le nouveau souverain qui serait intro-
nisé à Constantinople. L'impératrice, qui
pensait peut-être que son titre d'Augusta et
d'associée à l'Empire lui assurerait le trône
si elle devenait veuve, ou du moins lui
permettrait de désigner le successeur de
Justinien et de régner avec lui, s'offensa de
ce propos et fit rappeler Bélisaire à Byzance.
Mais peu de jours après son arrivée, elle
lui faisait donner le commandement des
armées d'Italie. Seulement, afin d'attacher
davantage Bélisaire à Antonina et Antonina
à elle-même, elle persuada le stratège que
c'était à l'intercession de sa femme qu'il
devait son pardon [1].

Saint Sabbas, renommé par ses miracles,
refusa de demander à Dieu de donner un
fils à Théodora. « Elle ne pourrait mettre au
monde, dit-il, qu'un ennemi de l'Église [2]. »
Si, d'après les paroles de saint Sabbas, on

1. Procope, *Hist. arcan.*, IV. Cf. *de Bello Pers.*, II, XXI.
— Voir l'appendice XIV.
2. Cyrille de Scythopolis, cité dans l'*Histoire ecclésiastique*,
VII, p. 298.

18

pouvait montrer dans Théodora une « libre
penseuse » ou tout au moins une païenne,
à la façon de l'empereur Julien, ce serait
aujourd'hui la meilleure des apologies. Malheureusement Théodora ne fut qu'une hérétique, ce qui lui a aliéné et les philosophes
et les orthodoxes. L'impératrice suivait
l'hérésie d'Eutychès, condamnée par le concile de Chalcédoine en 451. Théodora était
monophysite; elle croyait à une seule nature
en Jésus-Christ [1]. Au vi^e siècle, cette secte
dominait encore dans les provinces orientales
de l'Empire, et, à Constantinople même,
elle avait de nombreux adhérents. Entre
eutychéens et orthodoxes, l'animosité était
presque aussi ardente qu'entre Bleus et Verts.
« Le père chasse le fils, dit la *Chronique
Paschale*, et la femme abandonne l'époux. »
Une collision terrible ensanglanta Alexandrie.
A la suite d'un tremblement de terre qui
semblait un avertissement de Dieu, le peu-

---

1. Procope, *Histor. arcan.*, XXII. Cf. Victor de Tunnes,
édit. Migne, p. 954; Niceratus, X; Evagre, IV, 10, 40.

ple s'ameuta dans les rues de Constantinople en criant : « Brûlez les actes du concile [1] ! »

Théodora ne cessa point de lutter pour le triomphe de sa croyance, mais si grand que fût son ascendant sur Justinien, l'empereur qui, devenu vieux, devait encourir le reproche d'hérésie, resta jusqu'après la mort de Théodora inflexible en son orthodoxie. Il déférait sur tous les points à la décision des évêques de Rome. Après l'élection de chaque nouveau pontife, il lui envoyait sa profession de foi et recevait en retour la bénédiction apostolique. A force d'intrigue, l'impératrice réussit quelquefois à faire nommer patriarches ou évêques des représentants de la doctrine d'Eutychès : Sévère, Anthyme, Théodose, Niersès. Mais, sur les injonctions pontificales, ils ne tardèrent pas à être dépossédés de leur siège [2].

Théodora ne s'avoua pas vaincue. Elle

1. *Chronique Paschale*, p. 342.
2. Procope, *Histor. arcan.*, X, XI, XVIII, XIX, et les notes d'Alemanni ; Liberat, *Breviarium*, XX ; Victor de Tunnes, p. 955.

conçut l'idée d'agir au foyer même de l'orthodoxie. L'heure était propice. Bélisaire
occupait Rome, et Antonina s'y trouvait avec
lui. Le général, obéissant aux ordres de l'impératrice transmis par Antonina, exhorta
le pape Silvère à condamner le concile de
Chalcédoine. S'il s'y refusait, son successeur
était tout prêt : un diacre ambitieux,
nommé Vigile, qui avait naguère promis à
Théodora de casser les décrets synodaux.
Silvère résista ; il fut déposé et exilé en
Lycie. Vigile, élu à sa place, commença à
tenir ses promesses en envoyant des lettres
de communion aux évêques hérétiques. Justinien, cependant, ayant appris ces événements, donna l'ordre que Silvère fût ramené
à Rome et rétabli dans son pontificat. Mais le
nouveau pape, averti à temps, se saisit de son
prédécesseur et le fit interner dans l'île de Por-
tia, où il le laissa mourir de faim[1]. L'histoire
a durement reproché à Théodora d'avoir fait

1. Procope, *de Bello Goth.*, I, 125 ; *Histor. arcan.*, I., Liberat., XXII ; Théophane, p. 184-191 ; Victor de Tunnes p. 958.

déposer le pape Silvère, mais elle n'a point pensé à accuser Vigile, qui occupa dix-huit ans la chaire de Saint-Pierre, et que l'abbé Fleury appelle le très pieux pontife [1], de l'avoir à peu près fait assassiner.

L'impératrice Théodora mourut en 548, au mois de juin [2]. Elle avait régné vingt et un ans. Son nom donné à plusieurs cités, des statues élevées par le peuple, des inscriptions placées dans les églises glorifièrent sa mémoire. Victor de Tunnes, qui ne pouvait pardonner à l'hérétique et à la persécutrice d'un pape, écrivit que le cancer dont elle fut atteinte était un châtiment du ciel [3]. Mais Théophane dit qu'elle mourut pieusement [4], et Paul le Silentiaire la met au rang des saintes [5].

L'éloge n'est point seulement excessif, il porte à faux. Ce n'était point une sainte

1. *Hist. Ecclésiastique*, VII, p. 457.
2. Procope, *de Bello Persic.* II, 30; Théophane, p. 191.
3. Victor de Tunnes, édit. Migne, p. 958.
4. *Chronographia*, p. 191.
5. *Descriptio Sanctæ Sophiæ* publiée par Du Cange, V. 58-64.

18.

résignée qu'il fallait pour compagne à Justinien, c'était une femme d'âme virile qui
lui communiquât son courage et sa fermeté.
Théodora n'eut aucune des vertus d'une
sainte, elle eut plusieurs de celles d'une
souveraine. Mais les vertus gouvernementales n'allèrent pas chez elle sans les dé-
fauts et les vices qui en sont parfois les
conséquences. Magnifique, elle fut prodigue;
habile, elle fut perfide; autoritaire, elle
fut tyrannique; ambitieuse, elle fut sans
scrupule et sans pitié. Que la destinée
garde les peuples des Théodora, mais qu'elle
les donne parfois aux empires ! Le jour
de la révolte des Nikates, une sainte se fût
embarquée avec son époux déchu du trône.
Ce jour-là, Théodora rappela l'empereur,
les magistrats, les généraux au premier des
devoirs d'État : la résistance à l'émeute.

Décembre 1884 - Janvier 1885.

APPENDICES

APPENDICES

On a reporté ici un certain nombre de notes que leur étendue ne permettait pas de placer au bas des pages.

1

(Page 9, ligne 9.)

Le buste voilé du Vatican appartient à l'art romain. La coiffure et l'ajustement sont purement romains et, à moins que l'inscription n'ait été ajoutée après coup, il faut voir dans ce marbre une de ces images de fantaisie que les riches Romains commandaient aux sculpteurs pour orner leur bibliothèque. La réputation d'Aspasie, comme femme philosophe, justifiait la présence de son buste parmi ceux des Pythagore et des Antisthène.

Gronovius donne, au tome premier de ses *Antiquités grecques* (p. 83), un autre pseudo-portrait d'Aspasie. C'est un camée, représentant une Athènè casquée, et portant l'inscription Ἀσπάσου. Or, jamais, je pense, nul Grec n'a eu l'idée de représenter Aspasie sous les traits d'Athènè, et quant à l'inscription, elle désigne simplement le nom du sculpteur : Aspasios ou Aspasos, qui est cité par Sillig, *Catalog. Artific.*, p. 100.

11

(Page 16, ligne 18.)

C'est une expression de Plutarque *(Periclès,* XXIV), dont le sens est très discutable, qui a vraisemblablement donné lieu à l'opinion que Périclès épousa Aspasie. Voici le texte : ...αὐτός δὲ (Périclès) τὴν Ἀσπασίαν λαβὼν ἔστερξε διαφερόντως. Or, d'une part, λαμβάνειν ne signifie que par extension : *prendre en mariage.* Absolument, ce verbe signifie : *prendre.* On peut donc traduire : « Périclès ayant pris Aspasie (sous-entendu : chez lui) l'aima avec passion. » D'autre part, en admettant que Plutarque ait effectivement voulu dire que Périclès reçut chez lui Aspasie en qualité d'épouse, il est permis de croire qu'il a mal interprété le passage du *Traité de la volupté,* d'Héraclide de Pont, qui, manifestement, lui a servi de renseignement sur ce point. Ce passage, qui nous a été conservé par Athénée (XII, 45) porte simplement : ...ᾤκει τε (Périclès), μετὰ Ἀσπασιάς τῆς ἐκ Μεγάρων ἑταίρας... « ...Périclès habita avec Aspasie, l'hétaïre de Mégares. » Il n'est pas ici question de mariage; et, entre l'assertion d'Héraclide, de quatre siècles antérieure à celle de Plutarque, et bien plus conforme aux mœurs athéniennes, on ne saurait hésiter.

III

(Page 33, ligne 21.)

Nous ne voulons pas engager ici une discussion sur le procès de Phidias, qui a suscité tant de controverses. Nous tenions cependant à dire que si nous sommes revenu à la vieille tradition, repoussée par Sauppe *(Gœttinger Nachrichten,* 1867, p. 73) et Müller-Strübbing *(Die Legenden vom Tode der Pheidias, Jarbücher für Classische Philologie,* 1882, p. 289, sqq.) et d'ailleurs adoptée par Loeschcke *(Historische Untersuchungen,* p. 25, sqq.), mais avec quelques restrictions, ce n'est pas sans avoir très attentivement examiné les raisons qu'allèguent ces érudits et nous être convaincu qu'elles sont faciles à réfuter. En fait, toute la question se résume dans la date du procès de Phidias. Si ce procès eut lieu en 438, aussitôt après l'achèvement de la statue d'Athènè, il paraît probable que Phidias mourut en Élide. Mais il ressort indubitablement, et des vers d'Aristophane, et du récit conforme de Diodore et de Plutarque, que le procès eut lieu à la veille de la guerre du Péloponnèse, c'est-à-dire en 433-432.

IV

(Page 75, ligne 8.)

La plastique et la numismatique donnent un assez grand nombre d'images de Cléopâtre, la plupart très authentiques. Il ne s'ensuit pas, cependant, que ces sculptures et ces

médailles soient d'un sérieux secours pour restituer le type
de la dernière Lagide. Cléopâtre est représentée plusieurs
fois, ainsi que son fils Ptolémée-Césarion, sur les bas-reliefs
des temples de Dendérah, et il est certain que suivant l'usage
égyptien, les sculpteurs ont cherché à donner une certaine
ressemblance à l'image de Cléopâtre. Mais de quels docu-
ments plastiques ou graphiques se sont-ils servis — car
Cléopâtre ne posa pas pour eux — et comment, aujourd'hui,
faire le départ, dans ces figures, entre la nature et la conven-
tion ? Cléopâtre est représentée ici en Hathor ; là, elle porte
la coiffure d'Isis, ses cheveux sont nattés, ses seins et ses
bras sont nus, une étroite robe la couvre jusqu'aux pieds.
Elle a le nez aquilin, l'œil grand, le menton légèrement
accusé ; elle paraît jolie. Mais il faut une extrême bonne
volonté pour trouver des différences vraiment marquées
entre le type qui lui est attribué et celui d'une infinité
d'autres figures de divinités ou de femmes sculptées sur
les murailles de Dendérah. — Quant au joli moulage de
Cléopâtre, que l'on voit communément à Paris, dans les
ateliers, on n'ignore pas que l'attribution en est due à une
mystification. Ce bas-relief, découvert, je crois, en 1862, ne
portait aucune inscription. Un égyptologue s'amusa à y
graver le cartouche de Cléopâtre, et c'est ainsi qu'on le
vend partout, depuis, comme l'image authentique de la
dernière reine d'Égypte.

On compte quinze médailles de Cléopâtre, de type diffé-
rent, tant au cabinet des médailles et au *British Museum*
qu'au cabinet de Vienne. Sauf deux, que nous signalons
plus loin, toutes sont plus que médiocrement gravées,
notamment le tétradrachme frappé à Antioche. — Mon
savant ami, M. Fröhner, me signale cependant un exemplaire de ce statère, vendu en 1885, dans la collection
Castellani, « où Cléopâtre lui a paru d'une admirable

beauté ». — Plusieurs sont de vraies caricatures. La seule qui vaille d'être décrite est la pièce de bronze qui a pour légende : Κλεοπάτρα Βασιλίδα et qui porte, au revers, avec la lettre π, un aigle tenant un foudre. Le cabinet de la rue Richelieu en possède un bel exemplaire. La tête donne l'impression d'une femme grande et forte. Le front est droit et bas ; d'ailleurs les ondulations de la chevelure le couvrent à demi. L'œil est grand et éloigné du nez qui est aquilin, fort et extrêmement long ; la bouche est jolie, quoique très grande ; le menton est très accusé. Bien que ces traits soient quelque peu grossiers et durs, l'ensemble de la physionomie dégage cependant un certain charme, dû à la beauté des yeux et à la grâce étrange de la bouche. Si son nez n'était si long et si pointu, la femme volontaire et ardemment voluptueuse, que représente ce profil, pourrait passer pour belle.

Des deux médailles que nous avons citées précédemment comme étant d'un travail plus savant et plus soigné, l'une a été gravée à Patras. Le profil de Cléopâtre se rapproche là du type grec conventionnel. L'autre, gravée à Cypre, représente Cléopâtre en Aphrodite, tenant dans ses bras un petit Éros, que l'on croit être son fils Ptolémée-Césarion. Mais selon Feuardent, qui d'ailleurs est en contradiction sur ce point avec Mionnet et F. Lenormant, cette médaille doit être attribuée non pas à la dernière Cléopâtre, mais à Cléopâtre, femme d'Alexandre II, ou à Cléopâtre-Tryphœne. (*Monnaies des rois d'Égypte*, I, 101, sqq.) Quoi qu'il en soit, sur ces deux médailles, le type de Cléopâtre diffère absolument de celui qui est gravé sur les treize autres et que caractérisent la dureté des traits et l'excessive longueur du nez.

On connaît le mot de Pascal : « Le nez de Cléopâtre, s'il avait été plus court, toute la face de la terre aurait été changée. » Pascal n'était pas numismate. Autrement, il aurait écrit : « Le nez de Cléopâtre, s'il avait été plus long... »

V

(Page 106, ligne 11.)

D'un passage de Sénèque le Rhéteur (*Suasoria*, I), où il est dit qu'il restait au 1er siècle des lettres lascives de Dellius à Cléopâtre, et d'une plaisanterie assez ambiguë du même Dellius, rapportée par Plutarque (*Anton.*, LXV), Dacier (Remarques sur la 3e ode du livre II d'Horace) et après lui Bayle (*Dictionnaire*, II, p. 267) ont conclu que ce Dellius fut l'amant de Cléopâtre. Dieu nous préserve de tenter, avec le trop naïf Adolf Stahr et le paradoxal Blaze de Bury, la tâche impossible de défendre la vertu de Cléopâtre. Toutefois, nous doutons un peu de la bonne fortune de Dellius. En admettant que la tradition qu'il avait été l'amant de Cléopâtre existât à Rome au temps de Sénèque, cette tradition, c'était Dellius lui-même qui l'avait fait naître. Or, nous verrons plus loin que Dellius abandonna Antoine en réalité parce qu'il le sentait perdu, mais sous le prétexte de mauvais traitements de Cléopâtre. Bien accueilli par Auguste, Dellius ne chercha-t-il pas à la fois et à se faire valoir et à vilipender la reine en disant qu'il l'avait eue comme maîtresse avant Antoine ? Quant à ces lettres lascives dont parle Sénèque, peut-être les avait-il composées après coup dans ce dessein ou les avait-il écrites pour divertir Cléopâtre et Antoine. *Litteræ lascivæ* ne signifie pas lettres d'amour. On peut plutôt voir là une œuvre de rhéteur, comme par exemple les lettres d'Aristénète et d'Alciphron, que la correspondance authentique d'un amant avec sa maîtresse.

VI

(Page 135, ligne 13.)

Flavius Josèphe *(Histor. Judæor.*, XIV, 26) dit que lorsque Hérode, se rendant à Rome (en 39), passa à Alexandrie, « Cléopâtre voulut l'y retenir ». On en a inféré que l'Égyptienne eut ce roi pour amant. Mais Josèphe ne dit pas, cependant, qu'elle réussit à retenir Hérode. Il dit, au contraire, qu'il s'embarqua aussitôt pour l'Italie; et, au livre XV, 4, il dit encore que, malgré tous les efforts de Cléopâtre pour se faire aimer de lui, quand elle traversa la Judée, Hérode ne répondit pas à ses avances. — Au reste, une telle question importe bien peu quand il s'agit d'une femme comme Cléopâtre!

VII

(Page 149, page 2.)

Plusieurs médailles de Cléopâtre portent : Θεά νεώτερα, et sur l'une d'elles on lit : Βασιλίσσης Κλεοπάτρας, ἔτους κα. τοῦ καὶ (digamma) Θεᾶς νεώτερας : De la reine Cléopâtre, l'an 21 qui est aussi l'an 6 de la nouvelle déesse. » Porphyre (*Fragm. Histor. græo.*, III, p. 724) nous explique cette légende en disant que la seizième année du règne de Cléopâtre fut aussi appelée la première, parce que Marc-Antoine lui ayant fait don de la Chalcide et des contrées environnantes, elle data son règne d'une ère nouvelle. Porphyre nous dit que ce fut en 46, c'est-à-dire la sei-

zième année du règne, que fut inaugurée cette ère nouvelle, et cette date a été universellement adoptée. Mais,
plusieurs archéologues, Letronne et M. C. Vescher entre
autres, ont avancé que l'ère nouvelle de Cléopâtre date de
la célébration du triomphe d'Arménie et, pour concilier
cette opinion avec la chronologie, ils ont placé en 36 le
triomphe d'Arménie. Ils ont ainsi antidaté de deux ans
cet événement, qui, selon la chronologie de Dion, établie
d'après la liste des consuls, eut lieu en 34. Ils se fondent
pour cela sur le témoignage de Porphyre. Mais Porphyre
ne dit nullement que l'ère nouvelle date du triomphe
d'Arménie. Il dit simplement qu'elle date de la donation
par Antoine de la Chalcide et des pays environnants. Or,
nous savons par Plutarque (*Anton.*, LIX) que c'est en 36,
date qui correspond bien à la seizième année du règne de
Cléopâtre, qu'Antoine, en Cilicie même, donna à la reine
plusieurs royaumes, royaumes dont il ne fit, en 34, le
jour du triomphe d'Arménie, que confirmer la donation.

VIII

(Page 150, ligne 5.)

D'après Letronne et plusieurs égyptologues, Antoine aurait fait mieux encore : il aurait épousé Cléopâtre et serait,
par cela même, devenu roi d'Égypte. C'est ainsi que son
effigie figure avec celle de la reine sur des monnaies datant
des dernières années du règne de Cléopâtre.

En effet, certaines monnaies frappées à Alexandrie, à Antioche, etc., présentent la double image d'Antoine et de

Cléopâtre. Mais, sur aucune, le titre de roi n'est donné à Antoine. La légende porte : *Antonii, Armenia devicta*, ou : Ἀντώνιος αὐτοκράτωρ τρίτον τριῶν ἀνδρῶν (Antoine, empereur pour la troisième fois, triumvir), ou : Ἀντώ ὕπα γ (Antoine, consul pour la troisième fois). Ce sont des monnaies impériales qu'Antoine fit frapper à son effigie, selon l'usage qui se répandit chez les imperators dans les derniers temps de la République. Pour rendre hommage à Cléopâtre, il ordonna de graver au revers la tête de cette reine. C'était dans la même idée qu'il avait fait inscrire son nom sur les boucliers des légionnaires, comme, précédemment, c'était pour témoigner de son amour à Octavie, qu'il avait fait aussi graver son profil au revers d'autres monnaies. Il est probable que, par réciprocité, Cléopâtre fit reproduire la tête d'Antoine sur quelques-unes de ses monnaies. (Cf. Lenormant, *La Monnaie dans l'Antiquité*, II, p. 332-333, et Bompois, *Revue numismatique*, 1868, p. 63-101.)

D'autre part, nous pouvons croire, d'après plusieurs témoignages (Virgile, *Æn.*, VIII, v. 688 ; Servius, *ibid.* ; Strabon, XVII, 11 ; Suétone, *Aug.*, LXIX), qu'Antoine épousa Cléopâtre ; et nous savons aussi (Servius, *ibid.* ; Plutarque, *Anton.*, LXII ; Dion, L, 3) qu'il répudia Octavie. Mais cette répudiation, qui dut vraisemblablement précéder le mariage, est postérieure au triomphe d'Arménie. Le témoignage de Dion sur ce point est formel, et Plutarque cite aussi des faits, en 33 et en 32, qui sont manifestement antérieurs au divorce. (La lettre d'Antoine écrite à Octave, en 32, citée par Suétone, où il est dit : *Uxor mea est : nunc cœpi, an abhinc annos novem*, ne peut signifier qu'il a épousé Cléopâtre depuis neuf ans. Dans ce cas, son mariage aurait eu lieu en 41, c'est-à-dire quelques mois seulement après la bataille de Philippes et du vivant de Fulvie. Cette lettre, peut-être apocryphe d'ailleurs, veut simplement dire qu'Antoine a épousé récemment Cléopâtre après avoir vécu avec elle depuis neuf années.

Pour qu'Antoine ait pu épouser Cléopâtre l'année du triomphe d'Arménie, il faudrait qu'il se fût marié avant d'avoir divorcé. Cela n'est point impossible. La loi romaine ne reconnaissant pas de mariage avec les étrangères, Cléopâtre, quoique mariée, ne pouvait être regardée à Rome que comme une concubine.

La difficulté pour admettre avec Letrone qu'Antoine fut associé à Cléopâtre en qualité de roi, et cela à dater du triomphe d'Arménie, c'est qu'aucun historien ancien ne mentionne ce fait. Tous même l'infirment implicitement. En effet, quand ils disent que le jour du triomphe d'Arménie Antoine associa Césarion à Cléopâtre comme roi d'Égypte, c'est faire entendre qu'il ne réclama pas pour lui-même la moitié de la couronne. Quand ils disent encore qu'Antoine accepta la charge de gymnasiarque d'Alexandrie, que Cléopâtre l'obligeait à l'appeler publiquement souveraine maîtresse : δεσποίνα, et qu'il la suivait à pied quand elle était portée dans une chaise curule, ce n'est pas le montrer dans la majesté d'un roi. Quand ils disent, enfin, qu'après Actium Cléopâtre donna l'ordre de livrer Péluse à Octave, c'est bien marquer qu'elle avait conservé toute l'autorité royale et qu'elle avait pris part à la guerre comme alliée d'Antoine imperator et non comme femme d'Antoine roi d'Égypte.

Pour conclure, s'il y eut mariage entre Antoine et Cléopâtre, ce mariage n'eut pas lieu avant l'année 32 et, d'ailleurs, il n'eut pas pour conséquence de faire Antoine roi d'Égypte. Peut-être, ainsi que le dit Florus, Antoine s'amusa-t-il à porter partout les insignes royaux, *ut regina rex ipse frueretur*, comme il s'affubla des attributs de Bacchus et d'Osiris, mais sa royauté ne fut que celle d'un roi de théâtre : βασιλεύς σκηνικός.

IX

(Page 179, ligne 1.)

Paterculus (II, 85), Plutarque *(Anton.*, LXXIII, LXXIV) et Florus (IV, 11) disent que Cléopâtre s'enfuit la première. Dion (L, 33) dit que la reine « ne pouvant supporter l'attente d'un événement qui tardait tant à se décider et brûlant d'impatience, prit la fuite et en donna le signal à ses vaisseaux. »

Il est donc hors de doute que Cléopâtre, par sa fuite au plus fort de l'action, décida de l'issue de la bataille d'Actium. Mais, s'ensuit-il de là, comme on le croit généralement, que la fuite de la reine ait été absolument inattendue et n'ait pas été l'exécution trop précipitée d'un mouvement de retraite concerté d'avance. Le premier, M. l'amiral Jurien de La Gravière, dans ses savantes et suggestives études sur la marine des anciens, a soutenu cette opinion. Son attention éveillée par un passage de Plutarque où il est dit qu'Antoine fit prendre sur ses vaisseaux des voiles (qui lui eussent été inutiles et même nuisibles pour un combat), l'amiral a victorieusement prouvé, par des raisons de tactique navale, que le plan d'une retraite vers l'Égypte était arrêté dans l'esprit d'Antoine et qu'il livra bataille pour forcer le passage. « Je l'affirme, conclut-il, bien que j'aie la seule autorité de Plutarque pour contester un fait qui a acquis droit de cité dans l'histoire. » *(La Marine des Ptolémées et la Marine des Romains*, I, p. 69-83.) M. l'amiral Jurien de La Gravière aurait pu invoquer un autre témoignage, celui de Dion Cassius, qui dit textuellement : « Après bien des avis divers, celui de Cléopâtre, qui consistait à forcer le passage et à gagner l'Égypte, l'emporta. » L, 13. Cf. L, 30 : « Si les vaisseaux d'Antoine sortent du détroit, c'est moins dans le dessein de combattre que pour prendre la fuite... L'ennemi a embarqué sur ses bâtiments ce qu'il a de plus précieux. » Ainsi, pour appuyer l'opinion d'une retraite décidée à l'avance, il y a, au point de vue documentaire, le double témoignage de Plutarque et de Dion et, au point de vue tactique, au point de vue pratique, les conclusions d'un homme de guerre.

Où, cependant, nous différons d'avis avec M. l'amiral Jurien de La Gravière, c'est quand il dit que Cléopâtre ne précipita pas la retraite et qu'Antoine ne suivit la reine que parce que le moment de cette retraite était venu. Comment s'expliquer alors le ressentiment d'Antoine contre Cléopâtre quand il aborda l'*Antoniade* ? Pour concilier ces quatre faits patents : 1º le plan de la retraite arrêté d'avance ; 2º le secret de ce plan gardé vis-à-vis des troupes et vraisemblablement même des triérarques ; 3º l'espérance d'Antoine, s'il gagnait la bataille, de bloquer l'armée d'Octave débarquée en Grèce et de la réduire à capituler (Dion, L, 19) ; 4º la colère d'Antoine contre Cléopâtre, il faut admettre, comme nous l'avons fait dans notre récit : 1º qu'Antoine et Cléopâtre décidèrent de battre en retraite dès la veille de la bataille, mais que d'une part Antoine dissimula son projet à son armée et à sa flotte, que d'autre part il conservait l'espoir de battre les escadres d'Octave, et qu'en conséquence il s'était réservé de donner lui-même le signal de la retraite au cas où la victoire lui paraîtrait impossible ; 2º que Cléopâtre, brûlée d'impatience et glacée de peur, donna ce signal trop tôt et à l'insu d'Antoine ; 3º qu'Antoine suivit Cléopâtre pour tâcher de ramener son escadre au combat, mais que comprenant, en chemin, qu'il n'y réussirait pas et que, d'ailleurs, la bataille était plus que compromise par cette fuite, il s'abandonna à sa destinée tout en gardant un amer ressentiment contre Cléopâtre.

X

(Page 212, ligne 7.)

Le récit de Dion Cassius (LI, 11-13) diffère beaucoup ici de celui de Plutarque (*Anton.*, XC, XCI). Selon Dion, que vraisemblablement paraphrasait sans critique les vers du très imaginatif Rabirius, ce fut à la sollicitation de Cléopâtre que César vint la voir. Elle l'attendait dans un négligé galant, « ses vêtements de deuil rehaussant sa beauté », et lui livra un assaut en règle. Il est présumable, comme nous l'avons dit, que Cléopâtre eut un moment d'espoir à l'annonce de la visite d'Octave et qu'elle mêla quelque manège de coquetterie à sa tentative de justification. C'est pourquoi nous avons emprunté un ou deux détails à Dion; mais, dans l'ensemble, la version de Plutarque, qui est celle que nous avons suivie, est certainement la plus véridique. Plutarque connaissait, cela n'est pas douteux, le poème de Rabirius. S'il ne s'en est pas inspiré, c'est qu'il y a préféré une tradition plus sûre ou des textes plus sérieux.

XI

(Page 214, ligne 17.)

Plutarque et Dion, qui rapportent que Cléopâtre mourut de la piqûre d'un aspic, expriment quelques doutes sur ce mode de suicide. Ils disent que peut-être la reine se piqua avec une aiguille creuse qui contenait du poison. Mais Plutarque et Dion écrivirent, le premier cent ans et le second environ deux cents ans après la mort de Cléopâtre. Or les

auteurs contemporains d'Auguste, Horace, Properce, Paterculus; disent expressément qu'elle se fit piquer par un aspic. C'était l'opinion régnante à Rome à l'époque de la mort
de Cléopâtre, et les doutes timides d'écrivains postérieurs
ne suffisent point à la faire suspecter.

XII

(Page 251, ligne 16.)

Il existe dans l'*Anthologie de Planude* (*Épigr.* 77, 78)
deux épigrammes, l'une de Paul le Silentiaire, l'autre ano-
nyme, qui semblent avoir été écrites à l'occasion d'un
même portrait de Théodora, car toutes deux reprochent
au peintre d'avoir caché sous les réseaux ou bandelettes la
chevelure de l'impératrice. La première épigramme signale,
comme le fait Procope, l'éclat extrême de son teint : σέλας
χροιῆς ἄκρον. D'après la seconde, Théodora auraient eu les
cheveux bouclés et d'un blond doré : χρύσεα βόστρυχα.

On n'a de Théodora aucun médaillon, aucune monnaie,
ni, à notre connaissance, aucun buste. Son iconographie
comprend seulement la figure de la grande mosaïque qui
décore la partie gauche du chœur de San Vitale, à Ravenne. L'impératrice apparaît au milieu de ses femmes.
Elle est présentée de face, vêtue d'une longue tunique,
que recouvre un grand pallium de pourpre, bordé d'une
large bande de figures. Le haut de ce pallium disparaît
littéralement sous la profusion des joyaux. Sa coiffure
consiste en une sorte de diadème d'où tombent deux rangs
de perles. Théodora paraît maigre, sa tête est petite, son
front bas, son menton peu accusé. Le teint, les traits, tout
dans ce portrait semble atténué, effacé, évanoui, sauf les
yeux énormes, presque démesurés, qui brillent sous leurs

sourcils joints. Valery à dit que « les traits de Théodora,
l'ancienne comédienne, avaient encore un certain air lascif
qui rappelait ses longues prostitutions». On pourrait tout
aussi bien reconnaître à ce visage pâle et émacié, où seuls
les yeux semblent vivre, une illuminée brûlée d'ardeur
religieuse.

XIII

(Page 308, ligne 9.)

On doit regarder aussi comme plus que douteuses la
liaison adultère de Théodora avec un certain Théodore,
amant d'Antonina, et l'aventure de Joannès, fils de Théodora, arrivé d'Arabie pour se faire reconnaître à sa mère
devenue impératrice.

Sur le premier fait, les termes de Procope *(Histor.
arcan.,* III) sont assez obscurs. Il dit qu'après avoir délivré
Théodore, à la prière d'Antonina, elle combla cet homme
de faveurs et de bienfaits. Cela n'est vraiment pas suffisant
pour accuser Théodora d'adultère. — Sur le second fait,
l'auteur de l'*Histoire secrète* semble se contredire. Au chapitre XVII, il conte que Théodora livra son fils Joannès à
des sicaires, afin que Justinien n'apprît point ce secret de
sa vie passée, et au chapitre IV, il rapporte que l'impératrice arrangea un mariage entre son petit-fils, c'est-à-dire le
fils même de ce Joannès, et la fille de Bélisaire. Comment
Théodora qui, pour cacher qu'elle avait un fils, allait jusqu'à le faire assassiner, avouait-elle si délibérément qu'elle
avait un petit-fils ?

Rappelons que c'est la venue à Byzance de ce fils de
Théodora qui forme le sujet de Θεοδώρα, le beau poème
dramatique de M. Cléon Rhangabé, un des maîtres de la
littérature grecque contemporaine.

XIV
(Page 313, ligne 15.)

Dans la *Guerre des Perses* (II, 21) Procope ne dit pas que Bélisaire ait subi une disgrâce. Il rapporte simplement que le général fut rappelé de Perse, par Justinien, pour aller prendre un commandement en Italie, où les affaires allaient mal. Ainsi, cette prétendue disgrâce, due à Théodora, pourrait être révoquée en doute. Elle le pourrait d'autant plus que tous les chroniqueurs, Théophane, Cédrénus Paschal, Zonare, rapportent à la disgrâce subie par Bélisaire en 563 (après la mort de Théodora), disgrâce qui est bien certaine, celle-là, nombre de détails donnés par Procope dans son *Histoire secrète* sur la disgrâce de 542.

Comme rien n'est plus tenace que les légendes, nous redirons encore, après tant d'autres, que Justinien ne fit pas crever les yeux à Bélisaire, ni ne l'obligea à mendier son pain. En 563, la disgrâce de Bélisaire se borna à une sorte de dégradation et à une réclusion dans sa demeure.

FIN

TABLE

IMPRIMERIE CHAIX, RUE BERGÈRE, 20, PARIS. — 29798-12-9.

DERNIÈRES PUBLICATIONS

Format grand in-18 à 3 fr. 50 le volume

Paris. — Imprimerie J. GÉHY, 3, rue Auber.

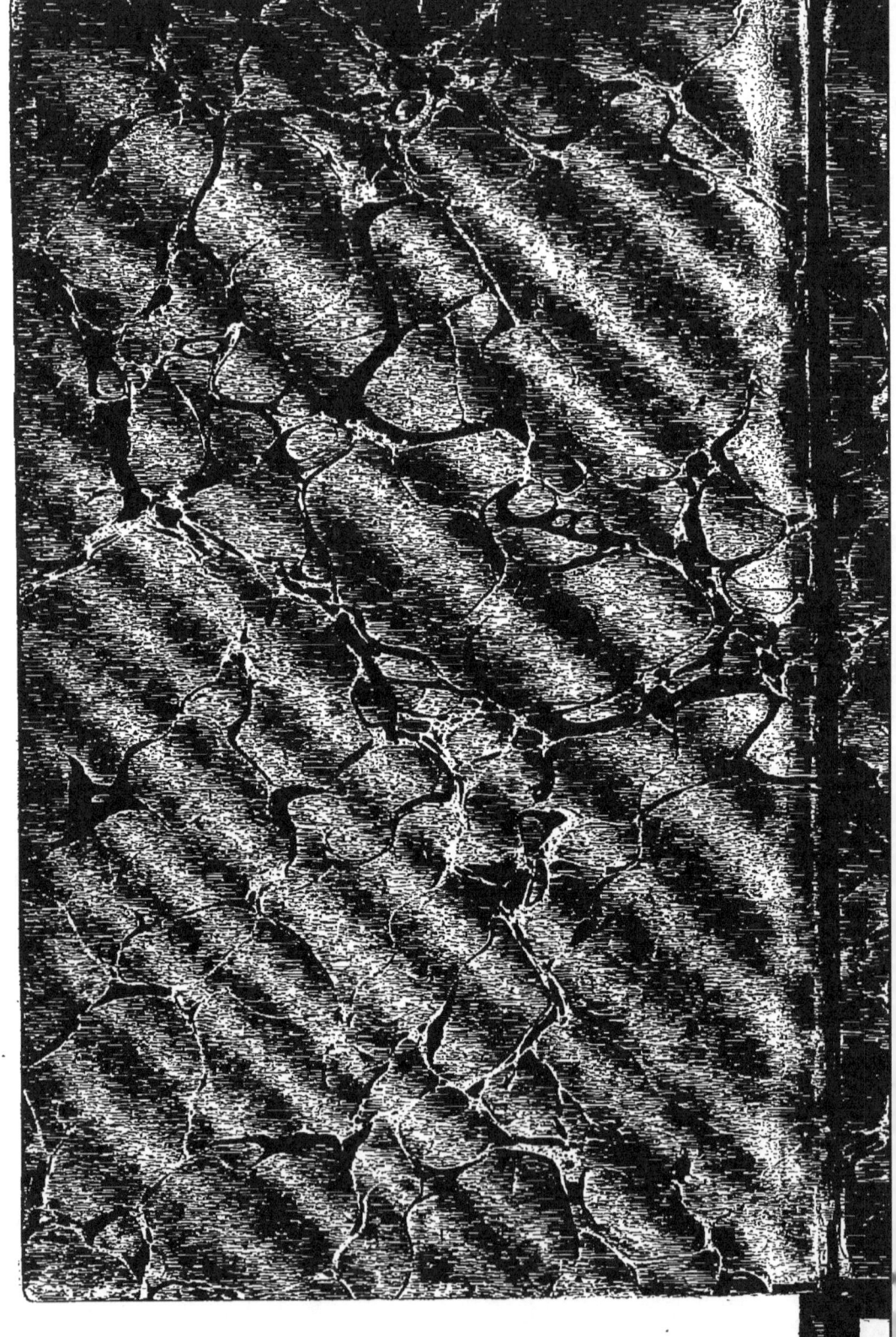